Du même auteur

Romans

Au nom du Saint-Esprit, je vous dis …
L'Arche des Temps Nouveaux
Folie de l'Homme ou Dessein de Dieu
Le Tiraillement
L'enfant bonheur
Suis-moi (tomes 1 et 2)
L'inflexible loi du destin (tomes 1 et 2)
À la croisée des destins
L'Univers de Kûrhasm (tomes 1 et 2)
Le chevalier de la Lumière
Quand le doigt de Dieu …
La légende de Thâram (tomes 1 et 2)
Henri-Louis de Vazéac
Il la regarda et...

Essais

La destinée de l'homme …
L'islam tisse sa trame en Occident

Poésies

Murmures de mon âme
Envolée métaphysique

Scénario de film

Magnesia

L'Univers de Kûrhasm

Tome 1

Une sublime inspiration
sur un monde très lointain

 Je me consacre à l'écriture depuis 2002 après avoir rédigé plusieurs ouvrages entre 1990 et cette date. Mes écrits ont un même fil conducteur spirituel, reflet de l'inaltérable foi en Dieu animant mon cœur. Ce qui m'a conduit à écrire, parfois, des histoires insolites et à devenir un auteur difficile à classer dans un genre.

ISBN : 978-2-3222-2397-8

Tous droits de reproduction, de traduction et d'adaptation réservés pour tous pays

Site internet : www.atypical-autoedition.com

François de Calielli

L'Univers de Kûrhasm

Tome 1

Une sublime inspiration
sur un monde très lointain

Chères lectrices et chers lecteurs :

Sur le site ci-dessous :
www.atypical-autoedition.com

Vous pourrez consulter sur la page dédiée à cet univers très particulier :

L'addenda :
- les cartes géographiques, des explications sur les trois races, divers schémas, des précisions d'ordre géographiques.

La traduction des deux tomes en kurmy (la langue de Kûrhasm)

Le lexique en langue kurmy

« Dans le dédale des archives cosmiques,
Mon esprit s'est aventuré.
Dans la profondeur de l'Idée,
Il s'est ensuite abandonné.
Esprit d'une richesse fantastique,
Au sein duquel l'âme d'un univers
Attendait qu'une plume inspirée
Se mît en quête de la réveiller,
D'en révéler la belle lumière.

...

Un idéal aujourd'hui retourné
Au sein d'un merveilleux Ciel.

Je conte ici entre prose et rime
Dans le giron d'un amour sublime,
Et au-delà du charnel, la mission
De deux âmes contraintes à œuvrer
Pour un dessein hautement tracé.
Ce fut aussi le destin d'une humble servante
De la Lumière et de l'Amour.

Certes, il convient de dépasser l'apparence
Pour discerner le beau message
Dont j'ai tenté la révélation
Au fil de la narration
De singuliers personnages
Et d'un univers étrange ».

Chapitre 1

L'amour instigué

-1-

Année 6001 du Kûrathi (*ou de la création de Kûrhasm*)

Xanghôr n'était point un Kzâhr[1] pleinement heureux, en dépit de ses prérogatives, d'une vie emplie par une douce béatitude et ne dépendant apparemment d'aucune autre volonté que la sienne. Tant de magnifiques miotinhaz (*femmes de race miothy ; les spécificités de cette race sont exposées plus avant*) n'attendaient pourtant que de pouvoir lui vouer un profond amour, combler le manque torturant son cœur et ensoleiller la grisaille de sa solitude. Or son souci premier n'était pas d'épouser celle capable d'occuper la charge de première femme du Kzahrum (*de l'Autorité*) à son côté et de permettre ainsi la continuité de sa lignée sur le trône ni même une égérie avisée. Les mondanités n'avaient pas non plus sa préférence. Aussi vivait-il le plus possible en retrait des superfluités et de la superbe de la Cour, préférant s'adonner à sa passion. Sa nature profonde l'incitait, en outre, à une sorte de sainteté, même s'il ne s'abreuvait guère l'esprit des vérités religieuses – ou avancées en tant que telles – énoncées par les pères de la tradition et gravées sur les terkhalkz (*tablettes de terre cuite recouvertes au dos d'une fine lamelle de métal peinte et vernie*). Quant aux éventuelles critiques des nobles et notables envers sa particularité, elles ne le tourmentaient pas. Il ignorait que ceux-ci louaient en vérité son intelligence, ses qualités de

---

[1] Sorte d'empereur, mais avec un statut particulier (*voir la tradition dans l'addenda sur le site*)

cœur et sa belle sensibilité, notamment. La coutume voulait en outre que le Kzâhr fût idolâtré, érigé en modèle de la race miothy (*des explications sont données ultérieurement sur cette race*) ; vu qu'une ancestrale croyance l'élevait au statut de père de cet univers ; en effet, un héritier du zahrohl kzöhr (*symbole de l'Autorité*) ne l'était, selon elle, que par la volonté de Kâmios (*conception polythéiste de Dieu*). Pour sa part, il n'avait pas de prédilection pour la grandeur et, moins encore, pour l'idolâtrie. Celle-ci à l'endroit d'un être humain lui paraissait stérile, estimant que son statut de monarque d'un vaste monde n'était pas une raison suffisante pour une telle déification. À la mort de son père, le charismatique Kzâhr Vighêz – sa mère, la Kzâhrah (*épouse du Kzâhr*) Elmanyë, ayant prématurément disparu en couches à sa naissance – il s'était trouvé forcé d'occuper une fonction trop lourde pour ses frêles épaules d'artiste. Un penchant que sa belle-mère Löriazix – deuxième épouse de Vighêz – avait contribué à épanouir ; une personne discrète, musicienne, avec qui il avait entretenu une relation complice et dont la disparition, peu avant celle de son père, avait provoqué une douloureuse dilacération de son cœur. Ce que tout autre Zheiry (*premier titre nobiliaire après celui de Kzâhr*) aurait pris pour une finalité apothéotique lui était donc apparu énormément contraignant. Il se serait bien désisté en faveur du rhis (*vice-Kzâhr*), à condition que celui-ci fût miotiahn, et sauf l'indéfectible promesse faite au souverain de son vivant de tenir honorablement le sceptre, conscient aussi de la faute grave consistant à refuser son destin. Un engagement qu'il interprétait à la lumière de son tempérament fantasque, comme il privilégiait la poésie aux astreintes de l'État. D'ailleurs, sous son règne, les arts possédaient désormais une suprématie par décret ; ce qui donnait de nombreux privilèges aux artistes. Il n'était pas allé néanmoins jusqu'à leur conférer une dignité nobiliaire.

Figure emblématique par le fait qu'il descendait de Vighêz, empereur que le krönhystrum (*l'histoire de Kûrhasm*) plaçait sur un haut piédestal dans les Cieux, tous respectaient ses décisions tout en regrettant qu'il ne perpétuât pas l'ordre institué par ses illustres prédécesseurs. Ennuyé par la contrainte du pouvoir, il n'assumait que l'essentiel des obligations de sa charge et déléguait celles d'ordre gouvernemental à son rhis. Le sobriquet de Kzâhr poète, dont la Cour l'affublait, ne le froissait guère. Il recevait même celui-ci comme un éloge. L'affection de la Cour ou de son peuple n'empêchait guère la torture par les subtiles lamentations de son âme qui souffrait de n'être pas en osmose avec sa jumelle. Elle le poussait donc à versifier, d'élégiaques envolées visant à appeler la femme exceptionnelle en mesure de satisfaire l'exigence de son désir d'amour.

-2-

Xanghôr régnait sur Kûrhasm, une île vaste et lointaine de 13 854 810 kilomètres carrés, dont les pères religieux prétendirent – sous les règnes des premiers Kzâhrz Suyhôx et Zakêvus – que Kâmios (*le Dieu Haut*) s'était ingénié à faire de celle-ci un univers unique. Aussi la nature s'y déployait-elle avec magnificence ainsi qu'une inégalable diversité ... un jardin d'exception sur lequel veillaient les Izishyën (*gardiennes du jardin enchanté*) et autres divinités au service de Sylphëa (*déesse de l'harmonie*). Lors de la recréation de ce monde, le Dieu au-dessus de tous les dieux donna à la race miothy (*statut de 1ère race*) la mission de le protéger, d'en préserver l'intégrité et d'y épanouir les hautes valeurs. Outre leur belle excellence morale, les individus mâles de cette race possédaient un physique impressionnant, à savoir une taille allant jusqu'à 2.30 mètres et un corps très athlétique. Leur carnation bleutée, leurs cheveux aux divers tons de roux, leurs yeux à l'iris allant du gris foncé au gris clair, du bleu marine au bleu nuit ou, moins fréquemment, du bleu très clair au bleu azur sur une cornée jaune clair, plus ou moins lumineuse, de même que leur faciès très viril et harmonieux, les distinguaient des autres humains peuplant Kûrhasm. Le krönhystrum – tradition et mémoire de ce monde – rapportait que le Dieu Créateur chérissait tout particulièrement cette race à laquelle il avait donné un ascendant sur les deux autres.

En dessous de cette race élue, et dérivant de cette dernière, on trouvait l'himothy. Les textes sacrés relataient que Kâmios la tira d'un croisement entre les premiers mâles miotiahnz et un groupe de belles femelles mëzinhaz (*quarteronnes ayant donc la peau basanée*) dont la survivance, après la recréation de cet univers, tenait d'un puissant et divin prodige. Partant, le

L'amour instigué

krönhystrum contait que cette race intermédiaire fut pensée par le Dieu Haut pour aider les miotiahnz (*pluriel de miotiahn*), en nombre restreint, au niveau des tâches secondaires ... quoique nobles. La peau gris bleuté, résultat du mixage entre la bleutée des miotiahnz et la basanée des mëzinhaz, les himotiahnz (*hommes de race himothy*) tiraient de ces deux origines leurs yeux marrons aux diverses nuances ou dans des dégradés de noir sur une cornée jaune foncé – le gris foncé représentant une exception et indiquant la présence d'un gène miotiahl (*de provenance miothy*) –, leurs cheveux châtains plus ou moins foncés aux reflets roux, parfois blonds méchés ou, plus rarement, blonds clairs. Individus aux physiques variés, ils pouvaient être tantôt athlétiques, tantôt d'une complexion plus frêle et, de même, montrer une belle élévation morale et beaucoup d'intelligence ou une piètre misère de cœur. De fortes différences qui faisaient la richesse de cette race. La nature sereine des miotiahnz (*pluriel de miotiahn*) et le pacifisme des meiriahnz (*pluriel de meiriahn*) les contraignaient, toutefois, à sublimer leur tempérament fougueux ou, même, leur pulsion agressive. Les miotinhaz (*femmes de race miothy*) se révélaient être, quant à elles, de superbes créatures – grandes, une opulente chevelure rousse, parfois flamboyante, iris gris ou marine tavelé de ravissantes nuances, voire exceptionnellement vert, sur une cornée jaune clair – que les hommes des deux autres espèces devaient se contenter d'admirer ; en effet, si les unions n'étaient pas si fréquentes entre miotiahnz et himotiahnz, elles étaient perçues comme illégitime entre ces deux premières races et la meiry (3ème *race, peau noire*). Concernant les himotinhaz (*femmes de race himothy, 2ème race*), elles affichaient la même hétérogénéité au plan physique que leurs congénères mâles. Les miotiahnz et les himotiahnz constituaient néanmoins une minorité privilégiée, vu que ce monde était peuplé majoritairement par des humains de race meiry, c'est-à-dire à la peau noire, plus ou moins foncée, aux cheveux très bruns frisés ou non, quelquefois châtains foncés, et aux yeux à l'iris noir, marron foncé ou, parfois, noisette sur une cornée blanche. Naturellement, cette espèce, très diversifiée aux niveaux anatomique et intellectuel, ne pourrait jamais s'élever au-dessus de la miothy.

En effet, Kâmios l'avait établie sur Kûrhasm avec un chemin d'épreuve. Fort de sa miséricorde, il avait cependant gratifié certains d'entre eux d'une belle intelligence ou d'une haute inspiration, afin qu'ils devinssent un exemple pour les autres et suscitassent, chez ces derniers, l'envie de progresser. Le Créateur s'était plu à doter Kûrhasm d'une merveilleuse richesse de formes, d'aptitudes, ainsi que d'une multitude de magnificences sans pareil. En final, la hiérarchie de ces trois races ne relevait pas d'une supériorité sur le plan humain, mais d'une élévation de l'ordre de l'âme et servait, en final, un but occulte. D'ailleurs, les meiriahnz (*pluriel de meiriahn*) admiraient grandement la beauté plastique, la majesté et les grandes qualités morales des miotiahnz, convaincus que le Dieu au-dessus de tous les dieux les couvrait de Son Amour et, tout particulièrement, le Kzâhr. Certes, tous croyaient en ce monde que celui-ci était le fruit d'une divine grâce.

Le système d'économie institué autorisant l'expression de la capacité de chacun selon sa nature, les meiriahnz (*pluriel de meiriahn*) ne se sentaient guère incités à cultiver une sourde animosité ni à jalouser les privilèges miotialhz (*de la race miothy, 1ère race*). De leur côté, les miotiahnz (*de race miothy*) se faisaient un devoir de protéger et permettre le meilleur épanouissement possible de ces semblables placés sous leur responsabilité. En définitive, Kâmios ne s'était point évertué à façonner une sorte d'idéalité terrestre, mais plutôt appliqué à organiser cet univers avec un sublime Amour.

-3-

Kûrhasm était un continent enceint par une mer que tous percevaient sous le jour d'un thälabak (*bouclier d'eau*). Le motif de l'isolement de ce bout de terre demeurerait pour longtemps, sans doute, caché dans les arcanes des Cieux ; un lieu hautement béni que ses habitants voyaient comme un univers à part entière. Ils y vivaient donc en autarcie dans la crainte du Nëbrenz (*l'Obscur*), pareil à un néant, au-delà du cirkërathom (*barrière de la céleste vague*). La tradition relatait que cet abîme engloutissait, corps et âme, les curieux animés du désir insensé d'en pénétrer le mystère. L'histoire des téméraires – des aventuriers du nom de Rouhman, Azugham et Gholhim – confirmait d'ailleurs la folie de cette orgueilleuse audace ; vu que ces hommes s'étaient effectivement risqués à défier la barrière de la céleste vague d'une hauteur de 50 mètres environ, laquelle contenait une énigmatique force de propulsion. Le franchissement de cette puissante protection constituant un exercice surhumain, que nul individu sensé n'oserait accomplir, ils avaient péri tous les trois ainsi que leur embarcation au fond du naskem (*antichambre du néant*) à l'entrée duquel Klodam (*monstre marin*) torturait les âmes qu'Heckatz (*divinité chargée de livrer les âmes des défunts*) s'empressait ensuite de livrer à la férocité de Shaduck (*emporte les âmes corrompues vers le thernak ou enfer*). Mythe d'une torture éternelle propre à dissuader les kuriahnz (*habitants de Kûrhasm*) à tenter le défi d'un franchissement de cette immense barrière d'eau ; d'autant que Phëliz[2] fuyait de surcroît le Nëbrenz (*l'Obscur*). Un fait qui venait confirmer le caractère foncièrement hostile de ce monde de ténèbres. Le récit de la création rapportait que Kâmios s'inspira de la splendeur des Cieux, lors de la création

---

[2] Dieu du jour, donc de la lumière du soleil, que les habitants de Kûrhasm ne voyaient pas comme un astre. Tiviohr, le dieu du feu, symbolisait par ailleurs la chaleur de cette lumière

de Kûrhasm, dans lequel il introduisit une créature imparfaite, en dépit des attributs divins dont il l'avait dotée (*à savoir les individus de la race miothy*). Grâce à un intelligent arrangement racial, l'harmonie régnait dans cet univers et les êtres ne s'y sentaient point appelés à convoiter une hypothétique et meilleure terre. Depuis les infortunés téméraires, plus personne n'avait osé sonder les abords de ce rempart interdit et dressé à une distance de vingt kilomètres du continent. Kûrhasm ressemblait à une vaste île pensée par le Dieu Haut à la manière d'une petite planète et qu'il avait rendue auto-suffisante pour une raison inaccessible à l'entendement humain. Sur les terkhalkz du krönhystrum (*tablettes rassemblant l'histoire de Kûrhasm*) était gravé :

« En des temps très lointains, et antérieurs à la recréation d'Erhük (*première appellation de cette terre*), l'anarchie régnait dans les cieux. Entre eux et cet immense univers, un être flamboyant – pourvu de grandes ailes, d'une tête pareille à celle de Strizalk (*monstre ayant un corps de serpent*), d'un corps comme celui d'Hurock (*monstre de la mythologie de Kûrhasm ayant un corps de serpent et une tête d'homme*) et lançant de terribles flammes par les yeux – semait la terreur. Une tablette retrouvée après la recréation dans les eaux répertoriait que cet être diabolique portait le nom de Stiörk, puis qu'un terrible combat opposât ce dernier et un dieu, appelé Mios, que nul ne pouvait regarder sans devenir aveugle tant il était éblouissant. L'affrontement dura longtemps, mais, en final, Mios vainquit Stiörk dont le corps de feu s'abattit sur l'univers où il se réduisit en cendres. Aucun témoignage ne permet de dire aujourd'hui le temps d'existence de ce monde ni pourquoi Mios décida d'éliminer, soudain, la race ryziak – composée d'individus à la peau blanche, yeux clairs et cheveux blonds – qui peuplait depuis le commencement Erhük (*première appellation de cette terre*). Il remplaça celle-ci par une autre à la carnation noire qui se corrompît à son tour. Faisant alors passer son imprévisible et effrayant souffle sur cette terre aux prises avec les forces démoniaques, il provoqua un épouvantable cataclysme qui l'engloutit, à l'instant, sous d'épaisses eaux. Mios la plongea donc dans l'obscurité pendant un temps dont la durée demeurera à perpétuité un divin mystère, bien que des Anciens, hautement inspirés, avancèrent l'hypothèse d'une épreuve de plusieurs millénaires avant l'avènement d'une nouvelle ürzhë (*grâce*), moment aussi d'un combat déterminant qui confronta Enies (*l'Esprit du Bien*) à Urinoz et Myriandaiz (*deux redoutables serviteurs du Mal*). Après la recréation de cet univers, le premier grand chef religieux miotiahn (*de race miothy, 1ère race*) – du nom de Fiëghor – fit consigner sur des terkhalk (*tablettes de terre cuite recouvertes au dos d'une fine lamelle de métal peinte et vernie*) ces frêles connaissances antiques. Il reçut l'inspiration ensuite du nouveau nom de Mios, à savoir Kâmios ... un nom mieux adapté au Dieu omnipotent trônant sur une pléiade d'autres dans les Cieux[3]. Celui-ci présidait, en outre, sur un panthéon de deux cent quatre-vingts dieux, c'est-à-dire sur des familles composées d'un dieu mâle, d'une déesse mère et d'enfants dieux.

Lors de l'avènement de cette époque sublime, la munificente bonté du Dieu au-dessus de tous les dieux permit l'enfantement d'un nombre restreint d'hommes et de femmes à l'âme sanctifiée par Iktiom (*dieu sanctificateur des âmes*), une élévation nécessaire au progrès de ce monde. Il particularisa ces êtres par une peau bleutée, un rappel de cette origine, leur octroyant le statut de race privilégiée et leur soufflant de baptiser cet univers « Kûrhasm » (*un nom à la vibration ésotérique*).

Ayant repoussé les eaux à vingt kilomètres du continent, il les enjoignit d'y faire exister ces saintes valeurs dont leurs âmes étaient porteuses. Parallèlement, il édifia un immense bouclier d'eau, en vue de le protéger des menées du démon qu'il confina au-delà ; un lieu bâti par l'imaginaire collectif que les premiers

---

[3] Ils voyaient le sacré comme une famille de divinités sous la gouverne d'un Haut Patriarche

habitants de Kûrhasm appelèrent Nëbrenz et naskem. Il créa la race himothy (*2ème race et individus à la peau gris-bleutée*) et raviva la race noire qu'il plaça au-dessous de la miothy (*1ère race et individus à la peau bleutée*), certain que cette dernière s'emploierait à éterniser sa belle œuvre et n'en viendrait jamais à le décevoir. Les religieux de la race élue gravèrent l'histoire de ce commencement sur des terkhalkum[4] et attribuèrent des termes à tout ce que le Dieu Créateur (*à savoir Kâmios*) avait fait ».

Le krönhystrum contait donc tout ce qui concernait cet univers avant et après la colère de Kâmios.

---

[4] Tablette de terre cuite recouverte au dos d'une fine lamelle d'or peinte et vernie après le gravage et servant aux écrits importants

-4-

Dans ses somptueux appartements du Zahrkëlyum[5], le Kzâhr Xanghôr se languissait tout en espérant la grâce d'un amour impromptu, telle une matérialisation orchestrée par Eyië (*déesse de la magie*). La Cour s'étonnait de son désintérêt envers ces femmes pétries de qualités et de beauté qui rêvaient de l'épouser, mais qu'il éconduisait avec force diplomatie et courtoisie. S'il ne disconvenait pas que ces magnifiques miotinhaz (*femmes de race miothy*) auraient été de brillantes Kzâhrahz (*épouse du Kzâhr*) en mesure de perpétuer sa lignée, il n'avait encore vu chez aucune d'elles l'originalité propre à faire se pâmer son cœur. Il voulait croire que son profond désir d'un événement insolite ferait s'accomplir une merveilleuse bénédiction sous la forme d'une femme sans pareil. Aussi eut-il l'idée soudaine d'aider cet avènement en appelant avec ardeur l'âme à la sienne destinée. Il avait foi en l'existence d'un lien subtil entre son cœur et celui de la femme de son destin dont cet acte permettrait la concrétisation. L'amour entre eux ressemblerait ensuite à une ambroisie des dieux et leur bonheur à une fabuleuse félicité au sein de l'empyrée. Invétéré poète, et l'être submergé de mélancolie, il s'étourdissait en attendant de la musique d'élégiaques alexandrins. Il s'en remettait aussi à la sagesse de Zohd (*dieu des destins*) qui n'ignorait rien de sa destinée.

---

[5] Palais de l'Autorité qui comptait 118 pièces dont 40 étaient réservées à l'usage personnel du Kzâhr et de la Kzâhrah

-5-

Lors de la collation du matin, Tastham, premier serviteur du Kzâhr, se tenait patiemment à l'écart et prêt à exécuter sur-le-champ le moindre murmure de son maître plongé, pour l'heure, dans ses pensées. En vérité, Xanghôr investiguait l'imaginaire – monde aux infinis entrelacs – et l'esprit bercé par une musique langoureuse que trois musiciens jouaient jusqu'à ce qu'il les renvoyât. Quoique ses ordres étaient toujours empreints d'une grande courtoisie. Tout en se délectant des douces harmoniques, mélange d'hyba, de lernia et de tiorb (*sortes de flûte, violoncelle et guitare arrondie à deux manches*), son cœur cherchait l'occulte filon d'une inspiration extraordinaire ; en effet, une récente vision le poussait à ausculter les mystérieuses, mais insondables, voire inaccessibles arcanes des Cieux.

- Kagîz, permettez que je trouble votre repos.
- S'il vous plaît, dirhen (*messieurs*), cessez donc de jouer, ordonna le lëgiat aux musiciens. Vous voyez bien que Zhüs Kagîz (*équivalent de « Sa Majesté »*) somnole.

Monarque non-conformiste, Xanghôr n'astreignait pas ses ministres au rigide Rispenziom (*l'Étiquette*) selon lequel nul ne pouvait normalement venir devant l'homme le plus important de Kûrhasm sans être d'abord annoncé par le premier ou le deuxième serviteur. S'il paraissait endormi, son esprit restait en réalité à fleur de rêverie. Ainsi la soudaine irruption d'une dissonance dans cette belle harmonie le tira de son univers de prédilection.

- Qui donc prend ainsi ses aises ? Lança-t-il d'un ton agacé.

Rouvrant les yeux, il vit Manghät respectueusement courbé face à lui.

L'amour instigué

- Dyaz lëgiat (*monsieur le grand coordonnateur*), quelle haute urgence t'amène à moi et qui souffrirait de n'avoir mon sagace avis ? D'autant que tu me déranges au moment précis où Anthënôa (*déesse de la pensée et des arts*) condescendait à me souffler de sublimes rimes.

- Et vous, dirhen (*messieurs*), jouez donc ! Vous ai-je enjoint de cesser ? Dit-il aux trois musiciens meiriahnz (*de race meiry*) qui le saluaient avec déférence et s'apprêtaient à s'éclipser.

- Pardonnez mon audace, Grand Kzâhr, dit le lëgiat, mais la nomination des nouveaux dudziz (*grands intendants de provinces*) du Cëldys et de l'Obëxan sont effectivement de vos …

- Allons, dyaz Bakahn (*le plus bas des titres nobiliaires*), je ne saurais lequel tiendrait le mieux cette charge, coupa-t-il avec des yeux – habituellement d'une belle couleur azur – que la contrariété faisait en ce moment virer vers un ton plutôt marine. Il me contrarie, vois-tu, qu'une question aussi ordinaire soit venue perturber ma douce communion avec ma déesse. Va dire au rhis (*adjoint du Kzâhr*) que je lui confère tout pouvoir en la matière.

- J'y vais de ce pas, Zyâr (*Sire*). Paix en vous, Kagîz.

- Paix en toi, Bakahn Manghät.

- Jouez allegretto, dirhen. Il me faut maintenant retrouver le fil de l'extraordinaire, lança le Kzâhr à son petit orchestre préféré.

Il plongea aussitôt dans l'obscure étendue de son subconscient à la recherche du songe merveilleux dans lequel une créature avait essayé de lui faire entendre un message. Ce bain dans le fantastique avait été semblable au souffle vespéral et apaisant de son Anaphysis adorée. Il chérissait cette province, pareille à une amante aux subtils appas, qui comblait en retour ses sens intérieurs. Silencieuse complice de ses rêveries, elle participait à ses émois intimes et consolait le chancre de sa mélancolie. D'ailleurs, il aspirait à finir ses jours à Stiarâk ; vu que ce tominstaz (*chef-lieu*) vibrait d'un fluide bénéfique à sa lyre. Il appréciait aussi de chevaucher vers la falaise de Yozhas, du haut de laquelle il pouvait passer des heures à contempler l'immense et majestueux thälabak (*bouclier d'eau*) qui paraissait s'unir au ciel tout au bout de cet univers.

L'interpénétration de l'azur avec le céruléen traçait une ligne d'horizon dont le krönhystrum (*mémoire de Kûrhasm*) rapportait que Kâmios l'avait tracé de son index, afin de confiner ses créatures dans le périmètre de l'univers de Kûrhasm. Xanghôr tentait souvent d'imaginer cet obscur néant que l'on disait peuplé de monstres infernaux ; bien que nul savant ne se fût préoccupé de lever le voile de ce mystérieux au-delà. Aussi tout cela procédait-il, peut-être, de la légende et de l'absurde.

Pour l'heure, il voyageait en esprit dans le royaume de l'incorruptible et protectrice déesse de l'inspiration. Accoutumé à de telles envolées, il composait grâce à elles des poésies qui ravissaient ensuite la Cour. Il aimait tant versifier (*plus de neuf cents poèmes connus*) sur ce bel univers, où Kâmios l'avait fait naître, ainsi que sur les mythologies dans les Cieux tout en s'interrogeant à sa façon au sujet de l'essence de ce haut lointain et des éventuels autres mondes en son sein.

« Du haut de Yozhas (*nom d'une haute falaise d'Anaphysis*), je contemple la mer,
Tantôt glauque, tel un Klodam mugissant,
Ou d'un sublime azur et serein,
Selon que sur lui passe le hâle d'Uthëv (*déesse de l'harmonie*),
Ou que s'y mire la beauté d'Avyen (*déesse de la sérénité*).
Olfan, ramène mon âme hors de cet univers !
Vers ce Ciel au-delà du firmament,
Pour qu'elle y repose d'un sommeil éternel,
Un doux continuum au sein de l'infini,
Semblable à un divin souffle, un céleste rêve.
Est-il un dieu au cœur compatissant ?

Qui ne dédaignera pas mon intime espérance,
Me fera un écrin de son sublime esprit,
Puis, à l'instar du fringant Azolhis (*cheval céleste*),
Me mènera vers un univers béni
Pour que de félicité je m'y nourrisse ».

Autre poème sur sa province chérie :

« Anaphysis dont l'insondable beauté
M'a subjugué au premier regard,
Ma sensibilité a suscité avec délice.
Vois le visage de mon âme extasiée !
Femme aux féeriques blandices
Et pétrie de vénusté ;
Des appas sur lesquels mes yeux se posent
Sans jamais en percer l'intime.
De superficialité, ils s'illusionnent,
Alors que mon cœur cherche le sublime
Dissimulé sous l'apparence.
Grâce à lui, un autre regard s'anime
Qui ne se repaît pas de faux-semblants,
Bien qu'il n'accède au subtil foisonnant
Celant une richesse immarcescible,
Une quintessence, de même, inaccessible.
Fais-moi la faveur d'une beauté intelligible
Propre à magnifier ma poésie,
À l'embellir des couleurs de la magie ;
Car dans les limbes de mon esprit rustique,
Sa rime s'y teint à celles du prosaïsme.
Anaphysis, Zheirah[6] énigmatique,
À l'antique réputation de mystique,
Dont le sein abrite une âme délicate
Que la mienne discrètement convoite.

---

[6] Titre nobiliaire le plus haut après celui de Kzâhrah qui était l'épouse du Kzâhr

Au primat de tes charmes secrets,
Spontanément, celle-ci se soumet,
Une sujétion au parfum d'osmose,
À l'inconscient désir d'une apothéose.
Dans le creuset de tes effluves exquis,
Dans le flot de tes merveilles chromatiques,
Je voudrais être la modeste fleur
Qui végète sans autre but que le bonheur
De servir avec abnégation ta magnifique,
Éternelle et munificente harmonie.
Enfin, dans le giron de tes douces essences,
Me laisser devenir lentement marcescente,
Pour renaître en rayon de la haute Lumière
Et avoir la grâce de tes occultes splendeurs.

Anaphysis qui comble d'amour mon âme,
Forcée à une marche solitaire sur Kûrhasm ».

-6-

De son troublant rêve de la nuit passée, il lui restait l'image d'une Ixëzantia (*sorte d'Euphrosyne*) – inexprimable magnificence céleste – vêtue d'une robe de lumière. La plus séduisante des miotinhaz (*femme de race miothy*) ne saurait autant subjuguer son être. Il se souvenait également qu'elle se tenait derrière une séparation hyaloïde, une spécificité signifiant sans doute son inaccessibilité. Probable signe aussi d'une femme à l'âme divine et attendant de s'incarner. Une éventualité qui suscitait sa perplexité, vu que Kâmios (*le Dieu Créateur*) avait a priori achevé l'œuvre de cet univers. En outre, de quel monde pourrait-elle venir, puisque, au dire du krönhystrum (*la mémoire de Kûrhasm*), l'être humain n'avait été créé que sur Kûrhasm ? Une terre que le Dieu Haut avait conçue à l'identique des Cieux. Son bon sens dissuadait la possibilité d'une transmutation magique par l'entremise d'un Arhi (*fils de Phëliz, le dieu du jour*) la portant ici-bas à dos de son cheval de feu. Depuis ce songe, et plus encore qu'avant, la fantasmagorie, heureusement entrecoupée par des sursauts de lucidité, berçait ses jours. Inévitable tiraillement entre son cœur inondé de rêves et sa raison opposant une frêle résistance. Son ego ne parvenait guère à relativiser une probable chimère en mesure de le perdre dans le dédale de l'extraordinaire. Une force en lui l'induisait à persister dans cette quête de l'ordre de l'âme. Piètre Kzâhr il était, mais valeureux soldat, en tout cas, d'une cause occulte ! Tel un aveugle, il suivait un chemin dont il ne voyait pas le dessin ni la vraie finalité. Privé de la voix de son âme, il s'en remettait à celle des dieux ; lesquels avaient essayé, peut-être, de lui indiquer dans la profondeur d'un rêve la grâce en préparation. L'espérance de ce présage maintenait en son cœur l'envie d'aller au bout de la destinée écrite sur les terkhalkz du Ciel (*les tablettes du Ciel*).

Il déplorait son inaptitude à décrypter le message du rêve, à savoir une coruscante lumière et, en son sein, une apparition pareille à une créature de cire dans un sublime écrin. Phëliz (*dieu du jour*) l'avertissait-il, par ce canal, qu'il entendait exaucer sa fébrile aspiration et qu'une rayonnante Luzyë (*sorte de Thalie*) s'apprêtait à descendre dans le giron d'un de ses rayons ? Il décida de partir à la recherche de cette femme exceptionnelle, voulant croire qu'elle le cherchait, de même, fébrilement. Il pourrait ordonner à des soldats de parcourir les onze provinces et de lui ramener toutes personnes de sexe féminin, physiquement différentes des miotinhaz (*race miothy*), himotinhaz (*race himothy*), voire meirinhaz (*race meiry*) ; or il pressentait que cette méthode tuerait l'enchantement et que, déçus, les dieux retireraient promptement cette exception de Kûrhasm. Aussi se sentait-il prisonnier d'une espérance dont il craignait de ne jamais voir la concrétisation à cause d'une altération du désir. Car, en lui suggérant que ce rêve émanait d'un subconscient torturé par de longs plongeons dans la mer de l'illusion, sa raison l'émoussait. Il se trouvait donc contraint de rester dans l'expectative d'une manifestation spontanée. Il pensait souvent que Sotham (*dieu de l'Amour*) le privait d'amour, puisqu'il en montrait si peu dans sa vie en renvoyant poliment toutes ces miotinhaz (*femmes de race miothy*) offrant avec humilité leur cœur. Le condamnait-il à se mourir dans une triste solitude avec sa belle poésie pour unique compagne ? Pourtant, se résoudrait-il à endosser son costume de monarque et à suivre la voie d'une vie ordinaire, il dépérirait lentement ... tel un assoiffé au milieu du désert. Il n'aurait alors de cesse que de quitter un univers confinant son cœur dans l'étroite limite d'une réalité sans magie. Émergeant brusquement de ses torturantes cogitations, il s'exclama :

- Jouez donc ! Pourquoi vous êtes-vous arrêtés ?
- Sans chercher à vous offenser, Zyâr, vous sembliez dormir et nous n'avons pas voulu troubler votre repos, rétorqua Borhevas.

- Apprenez, mes amis, que la rêverie ressemble à un somme ; or s'agissant d'une immersion dans la dimension de l'Esprit, l'ouïe demeure en éveil. Ah, mais que ne suis-je obligé de me lancer dans des explications inutiles ! Ne savez-vous point ces choses ?
- Vous nous l'apprenez, Kagîz, avoua humblement Fekesh.
- Ne vous arrive-t-il jamais de recevoir une mélodie au fond d'un rêve ?
- Très rarement, Kagîz, dit Gemustham.
- D'où vous vient cette attitude craintive ? Par Kâmios, je vous traite avec affection et ne vous fais point le reproche de votre piètre inspiration parfois.
- Eld Zhiaki (*Votre Seigneurie*), nous n'avons que le désir de vous ravir et si nous n'y réussissons pas, manifestez votre réprobation au contraire, osa Fekesh en posant sur le visage du Kzâhr son regard à l'iris noir et typiquement meiriahn (*de race meiry, noire*).
- Votre bonne volonté m'est déjà un doux ravissement ! Bon, Tastham, va donc dire à la troupe de comédiens de se préparer à me divertir dans le petit théâtre.

Un ordre que le premier serviteur s'empressa d'exécuter.

Il escomptait que ces divertissements lui feraient retrouver l'entrain du réveil, que l'humeur légère libérerait son cœur de la pesante angoisse suscitée par la méditation. Cette candide insouciance aiderait-elle aussi au dévoilement du mystère du songe.

-7-

La forte opposition de sa raison au fervent désir ancré au fond de son cœur laissait augurer de l'approche de l'avènement espéré. La perspective d'un amour indéfectiblement noué dans les Cieux, qu'on lui avait fait entrapercevoir au fond du sommeil, via une créature parée d'une robe de lumière, l'incitait à partir au-devant du destin. Néanmoins, il lui fallait se persuader tout d'abord que ce songe annonçait bien la venue d'une femme et que celle-ci ne resterait pas insensible à son appel. Car sa promise ne pourrait guère rester sourde à un cri sagitté ; celui-ci lui ferait même l'effet d'une lame en pleine poitrine, voire l'ébranlerait au plus profond de son être. Elle se sentirait ensuite exhortée en son âme à se mettre en chemin vers la sienne. Une opération qui tiendrait toutefois de la magie, voire du miracle et ressemblerait à une orchestration des dieux. Chaque jour, il forgeait donc sa conviction qu'un événement extraordinaire était en cours de concrétisation, n'écoutant plus, de fait, la voix trompeuse de son ego. Peu lui importait, désormais, que sa nature fantasque le fît extravaguer. Il poursuivrait cette impulsion intérieure jusqu'à l'extrême déraison. La Cour allait assurément critiquer son entêtement et juger son attitude indigne d'un souverain de Kûrhasm. Quant aux nobles de Tyzaregh[7], ils s'ingénieraient à trouver une miotinha (*femme de race miothy*) à l'irrésistible charme pour le tirer de sa fantasmagorie et le rappeler à la responsabilité de sa charge. Or il résisterait, comme il avait su le faire jusqu'à présent, à leurs savantes tentatives pour le convertir au bon sens et le transformer en banal monarque. Nul ne le détournerait maintenant de ce destin qu'il sentait sans commune mesure avec celui que tous ces gens voulaient lui voir accomplir. Il eut une

---

[7] Village de nobles construit à l'écart du palais du Kzâhr. La surface de Tyzaregh était de 700 hectares, vu qu'il y avait au-delà du village de nombreux jardins et autres agréments (*voir les explications en fin du 2ème tome*)

pensée pour feu le Kzâhr Vighêz (*père de Xanghôr*) dont l'âme devait s'alarmer, depuis son haut royaume, de ce comportement. En effet, ne s'était-il pas appliqué de son vivant à l'initier aux affaires de l'État, à le rendre conscient de cette obligation consistant à devenir un Kzâhr et un miotiahn (*homme de race miothy*) exemplaires ? Pour sa part, il n'avait jamais gardé secrète son inclination pour la poésie et que son statut de fils unique le forçait à prendre le zahrohl kzöhr (*le sceptre de l'Autorité*). Ainsi la grandeur de son règne le laissait indifférent, alors que l'avenir de son âme mobilisait toute son attention.

Plongeant dans la mer tumultueuse de la pensée, il s'aventura ensuite dans les inextricables entrelacs de l'imagination et confiant qu'Anthënôa, en douce déesse des artistes, ne manquerait pas de répondre à son authentique appel, puis de l'inspirer avec munificence. Il imagina son propre esprit en train de se prosterner jusqu'à ce qu'elle prît la peine de lui chuchoter des vers propres à charmer la belle vue en rêve.

Bientôt, les subtils effluves de l'harmonie l'informèrent qu'il approchait de la porte de l'univers féerique des romances, élégies, cantilènes et autres motets. Il demeura dans l'expectative d'une insufflation sublime, extatique noème semblable à un geyser. Le murmure d'Anthënôa se manifesta enfin, tel un imperceptible son musical, puis la rime s'ordonna.

« Lumière irisée,
D'une exaltante beauté,
Dans un songe, tu t'es mise
Pour séduire mon cœur,
L'imprégner de ton mystère,
D'une espérance de bonheur.
Depuis il nourrit le désir
De partir à la rencontre
De cet être d'exception

Par les dieux enfanté ;
Puis en cet univers envoyé,
Telle une étrange apparition.

Amour qui réunit
Les âmes destinées !
À ta prescience, je me fie,
Car nul mieux que toi ne connaît
Ce que les dieux gravent
Avec le poinçon d'airain,
D'une façon immuable.
Entends ce dur chagrin
Auquel ce vide m'astreint !

Femme d'un monde fantasque,
Hissée sur son piédestal !
Derrière un voile hyalin,
Je crains qu'un statut divin
N'empêche tout lien humain ;
Un impossible destin
Qui douloureusement m'étreint.

Ne rejette pas ma prière,
Femme cachée dans un rêve !
Inonde-moi de ta lumière,
Beauté du firmament !
Dans ta dimension élève
Mon frêle cœur soupirant.
D'un peuple, tu seras Kzâhrah
Et moi, ton féal servant.
Entends l'écho de ma prière,
Il est celui d'un amour ardent ! ».

Il fit quérir Sardhit, un génial compositeur meiriahn (*de race meiry*), à qui il commanda de réaliser une musique à partir de ses indications. Par conséquent, il lui imposa d'accomplir le prodige d'une composition musicale sans rien connaître des vers ; vu qu'il jugeait indispensable de les garder secrets.

« Cisèle cette œuvre et, surtout, n'en dis rien à personne », somma-t-il.

Il voulait être le seul à jouer, chanter ou fredonner cette mélodie par laquelle il projetait de charmer le cœur de cette créature qui n'était encore qu'un idéal, un espoir encouragé par un rêve. Il avait foi que la femme de sa destinée en viendrait à suivre la vibration de ce chant, dès qu'elle en recevrait l'écho au fond d'elle. Il regrettait cependant l'évanescence de la vision entraperçue dans un bref songe. Il déclama donc avec ferveur le refrain du poème :

« Ne rejette pas ma prière,
Femme cachée dans un rêve,
… »

Chapitre 2

Un monde sublime

-1-

Iheo habitait Ziowêa, un monde qu'une éternelle lumière inondait ou, plutôt, une dimension positionnée à un niveau précis du spectre vibratoire de l'infinité créée par le Tout-Puissant. Véritable univers, chacune de ces dimensions ignorait celle au-dessus ou en dessous et, de même, les êtres n'y étaient conscients que de leur propre réalité. Le sien constituait un plan hautement évolué au sein duquel elle avait le rang de zuivoi (*Installée de 1er rang*). Elle y prétendait à celui de zioirizi (*Installée supérieure*) grâce à sa filiation avec Ciômaz –, Eziûx (*Père*) trônant au sommet de la hiérarchie – depuis qu'il s'était uni à Galiô, sa Diwê (*Mère*) ; il s'agissait d'une nécessité vibratoire pour la stabilité de ce monde. Son intronisation au statut de zioirizi (*Installée supérieure*) était toutefois liée à l'épreuve d'un passage. Le privilège de sa filiation ne l'en dispensait point. L'ordre institué, dont Ciômaz se révélait être le féal et haut gardien, était en effet incontournable. Par contre, il était de la prérogative de ce dernier de décider de l'heure et des conditions de cette mission.

Ziowêa ressemblait à un paradis pour les âmes accomplies et que les grandes œuvres dans d'autres mondes avaient fait s'élever vers celui-ci. En sa qualité d'Eziûx (*Père*), Ciômaz était le seul à connaître le niveau vibratoire de cet univers et sa position de quatrième plan dans la hiérarchie des sept. En revanche, il ne lui avait pas été donné de communiquer avec ses homologues de ceux supérieurs et inférieurs au sien, la différenciation des degrés vibratoires n'autorisant pas les échanges inter-univers. Comme ces derniers, il se soumettait humblement ; car il servait avec une extrême dévotion l'Esprit Parfait, la Puissance immanente qui l'avait installé à cette place.

Plan d'Amour et de Lumière, les êtres séjournaient sur Ziowêa pour un temps sous le regard bienveillant de Ciômaz, représentation de l'Amour de l'Éternel et, donc, de la polarité positive. Pour sa part, Galiô (*Mère d'Iheo*) faisait office de polarité négative. Ainsi leur union s'inscrivait dans une logique vibratoire et leur osmose dans une nécessité pour l'harmonie de cet univers. Dans le sérail des zuivoiû (*Installées de 1er rang*) – qui possédaient, entre autres, un ascendant sur les unctawê et unctoiû (*Installé et Installée de 2ème rang*) – Iheo se trouvait dans une phase préparatoire avant son passage de la porte au-dessus de celles-ci. En dépit de sa belle lumière (*l'intensité de leur lumière indiquait le niveau d'élévation de ces êtres*), son manque de docilité la rendait régulièrement passible des réprimandes de l'Eziûx (*Père*). Père miséricordieux, il la forçait, à contrecœur, à compenser son arrogance. Il le faisait pour la contraindre à réagir et l'amener à œuvrer dans le sens de ce haut statut qu'elle briguait. Elle n'était pas exempte de compensation, c'est-à-dire de l'accomplissement d'une épreuve à la mesure de la faute commise. Combien de fois avait-il pardonné les petites désobéissances de sa fille, son immense Amour l'incitant à montrer une belle mansuétude. Quoique dans l'obligation de l'éprouver durement à plusieurs reprises, il n'avait pas manqué, non plus, de la soutenir ni de souffrir secrètement avec elle. De son côté, Iheo avait toujours effectué stoïquement les réparations imposées ; elle n'ignorait pas que ces dernières s'avéraient utiles à son développement.

Cet univers n'était pas une station balnéaire céleste où les êtres venaient se reposer avant la réalisation d'une nouvelle expérience sur la planète Terre ou quelque autre lieu. Chacun y faisait une mission spécifique au service d'autres êtres et, en final, de la Lumière d'Amour. Quant à Iheo, elle commençait à apprendre sa charge de zioirizi (*Installée supérieure*) en aidant les âmes, récemment arrivées sur ce plan supérieur, à s'acclimater à son ordre particulier. Après un long chemin en compagnie de la Lumière, celles-ci étaient normalement en mesure de devenir d'efficaces zioivigehoê ou zioiviguni (*serviteurs et servantes de la Lumière*). Ce qui représentait, en définitive, un retour au sein de l'insondable Vibration Suprême. « Sur le plan subtil, l'infinie richesse des formes et des expressions trouve son harmonie dans l'Amour, une Lumière éminemment créatrice » (*précision de l'auteur*). La montée vers Ziowêa représentait donc une bénédiction qu'il avait fallu mériter par de grandes œuvres spirituelles.

-2-

- Iheo, il est l'heure d'affronter l'épreuve du passage au degré de zioirizi.
- Ne pourrait-on encore attendre bien-aimé Ciômaz ? Je me sens si bien ici dans cette plénitude d'Amour et de Lumière. Cet ailleurs où tu t'apprêtes à m'envoyer m'obligera, sans aucun doute, à une difficile séparation.
- Je te laisse le choix du lieu. Où aimerais-tu te manifester pour cette expérience ?
- J'ai l'impression d'être ici depuis une éternité. En fait, j'ai oublié ces endroits où tu m'as déjà fait descendre.
- Tu as pourtant accompli de belles missions qui m'ont divinement ravi et ont permis ta glorification par le Zumpiatu (*le Père Tout-Puissant*).
- Fais-moi revivre ces temps que je m'en remplisse l'être avant ce grand départ. J'espère qu'ils m'armeront de courage pour affronter ce passage.
- Puisque tel est ton désir, voici ces existences passées !

« Iheo se sentit projetée au cœur d'un brouillard sombre, puis devenir une femme. Elle se vit vêtue très pauvrement avec des enfants en pleurs autour d'elle et au chevet d'un homme mort. Si ce deuil la plongeait dans une misère plus grande encore, elle avait confiance en la force qui la soutenait ; car elle était très pieuse et sans cesse disposée à aider autrui. Elle dépassait avec une grande vaillance l'adversité, travaillant durement pour que ses enfants pussent bénéficier d'une bonne éducation et faisant en sorte de leur communiquer sa sainteté. Sa force d'âme transcendait donc la rigueur de cette condition ».

« Elle prit ensuite l'apparence d'un homme assis sous un arbre, les jambes en tailleur, priant avec ferveur et paraissant contempler l'infinie vacuité. À part cet arbre majestueux, dont les branches feuillues formaient une coupole au-dessus de sa tête, l'environnement ressemblait à un immense désert. Anachorète, il vivait l'épreuve du dénuement dans l'absolu renoncement de la Chair et en union osmotique avec son âme. Ainsi l'ego s'était soumis à la vérité de l'Esprit ».

« À nouveau femme, elle agonisait dans des douleurs atroces qu'elle s'efforçait de sublimer. Au fond d'elle, elle recherchait cette ressource emmagasinée au fil des combats antérieurs et propres à l'aider à dominer celle-ci. Il lui fallait retrouver le chemin d'une certaine transcendance, celui de la foi en la Lumière Divine contenant l'essence lénifiante de la souffrance. Par elle, elle se sentait progressivement purifiée et magnifiée en son être ».

« Elle eut l'impression de sortir d'un souterrain et d'entrer dans une bulle rayonnante. Elle était une conscience, semblable à un soleil iridescent, qu'une Intelligence initiait à la vérité de la Lumière. Cette sublime initiation représentait le début de sa marche vers sa haute élévation ».

« Derechef homme, elle parfaisait sa capacité d'amour envers autrui, une expérience destinée à la faire progresser sur la voie de la Lumière. Un don gratuit et une abnégation qui l'enrichissaient merveilleusement ».

« Elle se revit, enfin, dans la condition d'un être non manifesté au sein d'une dimension matérielle et expérimentant l'Amour sur les trois plans inférieurs à Ziowêa. Trois manières très différentes qui avaient aguerri sa compréhension de cette essence créatrice ».

Alors que le déroulement de ces vies passées cessait, le rappel de certaines la rendait étrangement nostalgique.

- Voici les passages importants qu'il t'a fallu franchir : les trois passages de l'humilité sur l'azorhai (*la Terre*), le passage de la Lumière sur Soliost et, enfin, les quatre passages de l'Amour à nouveau sur l'azorhai, puis sur les trois plans inférieurs à Ziowêa. Je ne t'ai montré que les existences déterminantes. Sache que je t'ai fait accomplir d'autres missions préparatoires.
- Et de quelle nature sera la prochaine ?
- Je ne serais point le sage Ciômaz si je te dévoilais déjà cette épreuve, mon enfant.
- Ne pourrais-je en connaître superficiellement le dessein ?
- Non, Iheo. L'ordre établi est immuable.
- Comment vais-je alors choisir le plan de ma manifestation ? Ne m'accordes-tu plus cette grâce ?
- La symbiose s'opérera à ton insu.
- Je dois donc attendre l'action de l'œuvre subtile.
- Tu connaîtras ce lieu avant que le dernier grain soit passé dans le grand sablier.
- Pourquoi m'as-tu parlé d'un libre choix, puisque ce plan de manifestation va s'imposer à moi ?
- Parce que vous vous appellerez mutuellement.
- J'avoue ne pas bien saisir cette vérité, bien-aimé Ciômaz.
- Cette épreuve va te transmuer, mon enfant.

Elle exécuta le signe sacré et prit congé de l'Eziûx (*son Père*). Son cœur s'attristait déjà de devoir le quitter ainsi que Galiô (*sa Mère*) et tous les êtres de Ziowêa, en dépit de l'impératif de ce passage pour s'élever au statut de zioirizi (*Installée supérieure*). Elle se nourrit du bonheur de cette ascension, afin de contrebalancer l'angoisse de la descente vers un autre monde.

-3-

Iheo éprouva le besoin de se baigner de la magnificence de Ziowêa, de s'en envoûter même, consciente de l'imminence de ce voyage vers l'inconnu. Cela serait assurément une chute dans la grisaille, vu qu'aucun plan matériel ne pourrait la ravir. Subodorant que Ciômaz avait mis Galiô dans la confidence, elle alla s'enquérir auprès d'elle de ce fameux lieu.

- Crois-tu que je puisse te dévoiler la pensée de l'Eziûx ? Fit observer Galiô.
- Ekezidiwê (*signifie Vénérable Mère dans le langage particulier de cette dimension*), j'attends seulement de toi que tu lèves mon anxiété.
- Ciômaz ne t'a-t-il pas rassurée quant à l'idéalité de ce plan ?
- Oui, en quelque sorte.
- Aie confiance, ma fille, car l'alchimie va bientôt avoir lieu et ce passage t'apparaîtra, dès lors, tout à fait naturel.
- Et dans le cas où cette alchimie ne se produirait pas. Que se passera-t-il ?
- Iheo, tu vas gravir une marche déterminante pour ton élévation vers le sublime degré que tu sais. Aussi ce qui est tracé s'accomplira et à l'heure juste.
- Je loue ta merveilleuse sagesse, Lyi Galiô (*Grande Galiô*).

Dans l'attente de l'avènement programmé, Iheo continua de s'imprégner des fantastiques beautés de Ziowêa tout en contemplant les immensités chatoyantes, les fleurs scintillantes aux couleurs infiniment subtiles, les plantes et les arbres versicolores, ... une nature d'une extraordinaire richesse chromatique et fleurant d'exceptionnelles essences. Elle s'emplit de ces merveilleux effluves jusqu'à l'enivrement, puis elle s'éternisa sous la cascade coruscante, se baigna dans la mer aux vaguelettes luminescentes ou micacées de lumières changeantes, se laissa voluptueusement caresser par le souffle zéphyrien, se désaltéra à la source cristalline moirée de doux reflets azurés. Elle se délecta aussi de la quintessence roborative de celle-ci et parcourut enfin les splendides étendues qui plongeaient au loin dans l'immensurable profondeur de l'infini. Elle ne se lassait pas de l'immuable rayonnement irisé dont Ziowêa recevait l'éternelle grâce. Cette sublime harmonie, œuvre d'Amour sur laquelle Galiô veillait avec le concours de la hiérarchie – zuivawê, zuivoiû, unctawê, unctoiû, zroxawê, zroxoiû, zioixega, zioizekaw, zioivigeho, zioivigehoê, zioiviguniû[8] – l'émouvait au plus profond.

Informés de son prochain départ, les êtres de Ziowêa l'encourageaient. Outre les installés de second et troisième rangs, chacun avait conscience d'avoir un jour à transiter vers un autre univers pour y effectuer une nécessaire expérience ; alors qu'il s'agissait pour elle d'accomplir l'ultime épreuve avant l'ouverture de la suprême porte, événement privilégié dont elle ne mesurait pas encore la grandeur.

La vibration d'une planète s'imposa soudain, tel l'émotionnant appel d'une mère. Elle accepta avec stoïcisme cette perspective conforme à la prédiction de Galiô. Tout en la réconfortant, cette tendresse tendit à impulser en elle le désir d'aller vers ce plan. Pour autant, son Amour pour Ziowêa et les siens ne s'en trouvait point affadi. Cela venait plutôt dulcifier la crainte d'un difficile changement.

Elle s'empressa de confier ce sentiment à Ciômaz qui n'ignorait rien des émotions ou vécus des uns et des autres ; car

---

[8] Installés et Installées de 1er rang, de 2ème rang et de 3ème rang, maître gardien et gardien de la Lumière, serviteurs et servantes de la Lumière

nul libre arbitre n'existait en cette dimension. Toutefois, Ciômaz ne faisait pas reposer sur les êtres de Ziowêa le poids de sa relative perfection.

- Bien-Aimé Ciômaz, j'ai entendu l'appel de l'azorhai (*planète Terre*). Quand cette manifestation aura-t-elle lieu ?
- En effet, l'azorhai est l'endroit idéal pour cette épreuve. À l'instant où le dernier grain passera, je te ferai descendre. Va et prépare-toi, mon enfant.
- Bénis-moi, bien-aimé Eziûx (*Père*).

Il la couvrit de son Amour et elle resta longtemps blottie contre lui.

Au sein de ce monde, tout semblait à la fois fugitif et éternel. Au sortir de cette troublante étreinte, elle le remercia de lui avoir donné à percevoir l'émoi de son sublime cœur. La mémoire de l'âme de cette dernière garderait l'insigne faveur de l'épanchement du haut Ciômaz.

À l'approche de la transition, les êtres de Ziowêa lui manifestèrent leur profonde affection. Quant à Viwâ, il la rassura, ayant accompli, jadis, ce même passage. Elle savait qu'il représentait ce complément positif avec qui elle s'unirait à l'heure de son retour définitif. En outre, si elle était déjà zioirizi (*Installée supérieure*) pour la hiérarchie, elle ne le deviendrait qu'après la grande épreuve qu'elle devait se préparer à accomplir maintenant. Aussi se plaça-t-elle dans la condition d'une humble vibration en partance pour l'azorhai (*planète Terre*).

Chapitre 3

La transmutation

- L'heure de la transmutation a sonné, annonça Ciômaz.

Tels mille buccins, cet avènement résonna aux quatre coins de Ziowêa, y semant à la fois tristesse et joie ; car cette séparation servait un sublime but. Certes, Iheo appréhendait l'herméticité de cette mutation.
- Aie confiance, Iheo. Je t'ai tracé une manifestation extraordinaire en ce lieu particulier de l'azorhai (*Terre*) où je t'envoie.
- Je suis prête, Eziûx, déclara-t-elle avec solennité.
- Voici maintenant le commandement qui te permettra de passer le degré à l'heure juste.

Il lui communiqua l'œuvre cruciale à accomplir.
- As-tu bien entendu ?
- Oui, bien-aimé Ciômaz.
- Tu pourras en retrouver le contenu lors de la levée du voile. En revenant au statut de zioirizi, tu t'appelleras Ilzô.

Iheo fit l'habituel « signe-sacré ». Après des adieux brefs, quoique très émotionnants, elle attendit courageusement la transmutation.

À l'heure tracée, Galiô l'enveloppa de sa lumière, puis Ciômaz l'amena au sein de son impétueux et rassurant soleil. Une sublime vibration qui la transmua, la fit devenir une autre. Néanmoins, elle resterait elle-même en son tréfonds.

Tandis que la lumineuse Ziowêa rapetissait progressivement, Ciômaz et Galiô s'unissaient jusqu'à former un magnifique rayon aux couleurs de l'iris.

Chapitre 4

L'œuvre subtile

-1-

Theo s'éveilla sur une étrange terre avec l'impression d'être brutalement tirée d'un merveilleux rêve. Les lueurs lactescentes de l'aube s'effaçaient lentement, tandis que le jour croissait et que Phëliz (*dieu du jour*) éployait son immarcescible gloire sur la Nature en train d'éclore. Premier matin dans un nouvel univers ! Cette prise de conscience ne l'angoissait guère comme elle n'avait pas la moindre souvenance de sa provenance Ziowêaen (*de Ziowêa*) ; de même, son instant besoin de lumière ne fit pas ressurgir une profonde réminiscence. Ainsi Ciômaz l'avait idéalement placée, Kûrhasm bénéficiant d'une belle luminosité. De surcroît, il avait orchestré sa manifestation à l'endroit de cette vaste île que le dieu flamboyant inondait avec munificence. Ciômaz, Galiô, Ziowêa appartenant désormais à la mémoire de son âme, elle n'avait pas le sentiment de naître, mais d'exister depuis longtemps dans cette enveloppe de chair. Elle acceptait la réalité de cet éveil en un tel lieu, à l'instar d'un naufragé s'éveillant sur une plage et inconscient de son amnésie. Quant à son fantastique voyage, accompli à bord d'un vaisseau de lumière emporté par le maelström de l'Esprit, et à sa magique matérialisation dans le corps d'une jeune fille de vingt ans, ils étaient allés se fossiliser dans les arcanes de son être. Ciômaz avait sagement tracé cette sublime transmutation en la différenciant, sur le plan physique, des habitants de ce morceau de planète. Elle tenta une brève recherche d'un vécu quelque part. Comme rien ne lui venait, elle abandonna ; car elle craignait instinctivement de faire ressurgir de difficiles souvenirs.

Elle se détira en poussant un cri fluet, huma l'odeur agreste de l'herbe baignée d'un frêle aiguail et admira le tapis cespiteux sur lequel elle venait apparemment de passer la nuit. Elle observa ensuite l'ibustus (*nom d'un oiseau de petite taille*), non loin d'elle, qui la fixait de ses jolies prunelles noires striées de vert foncé et dont le plumage rouge vif, avec des nuances de roux, frétillait continûment. Elle lui sourit, tendit sa main en creux pour qu'il s'en fît un nid, puis elle le regarda, interloquée, s'envoler peureusement. Se levant alors d'un bond, elle se dévêtit et courut dans sa splendide nudité vers la mer pour s'y baigner.

Après ce plongeon revigorant, elle avisa un rocher, s'y allongea et s'offrit aux caresses de la boule de feu encore à son premier rayonnement ; une soif de lumière qu'elle ressentait comme une nécessité biologique. Dans le jardin tout proche, elle éprouva l'envie de se sustenter d'une ghunan (*fruit à chair jaune et très parfumé*), de deux thërix (*petit fruit à chair verte et au goût acidulé*) et d'une poignée de liqutz (*petit fruit rouge et juteux*) tout en remerciant, au fond d'elle, pour cette succulente nourriture. Tandis qu'elle bénissait les arbres avec amour, elle entendit en son cœur leur subtil contentement. Finalement, elle se rhabilla, une simple robe de coton blanc mettant en valeur sa peau hâlée, et partit cueillir quelques fleurs en chantonnant – eskenz, kalinghx, üghlenz (*sortes de fleurs multicolores et de formes variées*) – qu'elle rassembla en un charmant bouquet. Elle planta celui-ci, ensuite, dans son opulente chevelure dorée joliment bouclée.

Soudain, Iheo remarqua qu'un cheval à la robe immaculée se tenait à quelques mètres d'elle. S'avançant spontanément vers lui, elle passa ses mains fines sur son museau soyeux tout en scrutant son regard d'un beau bleu limpide. Elle ressentait une étrange affection pour cet animal, comme si tous deux se retrouvaient après s'être perdus un temps.

Quand il s'agenouilla sur ses pattes avant et arrière en dodelinant de la tête, elle comprit qu'il l'invitait à grimper sur son dos. Avant de s'exécuter, elle lui chercha un nom en concordance avec sa fière allure de destrier.
- Zhöj ! S'exclama-t-elle.

Une voix lui avait murmuré ce nom à l'oreille.
- Il ne faut plus nous quitter, mon Zhöj chéri, ajouta-t-elle en se serrant contre lui. Tu me porteras tout là-haut et je t'y raconterai d'émouvantes fables.

(*Ciômaz avait insufflé dans sa pensée un langage semblable à celui parlé sur Ziowêa*).

La robe blanche et brillante de ce dernier l'émerveilla. Une particularité qui fit fulgurer devant ses yeux une étrange vision. (Son âme délicate rendait grâce de ce qu'on lui avait épargné une chute cauchemardesque dans une contrée obscure et peuplée de monstres hideux pour simplement l'éprouver).

Dans cette phase d'adaptation, Iheo n'avait pas conscience de sa dualité – moi objectif/moi subjectif – ni de sa nature divine, soucieuse uniquement d'exister en tant qu'être humain. Elle affrontait cette vie avec une certaine insouciance, ignorante de l'austère mission à laquelle cette incarnation l'obligeait … certes, un but encore lointain.

Elle monta sur Zhöj en amazone, une position instinctive, heureuse de cette belle symbiose avec un être paraissant doté de facultés extraordinaires. Du haut de sa monture, elle scruta la mer indigo que le soleil faisait brasiller … une myriade de bluettes qui la rendit songeuse. Son cœur se serra et deux frêles larmes perlèrent sur ses joues cuivrées. Tournant son magnifique regard pers – obombré cependant par cette impression intérieure – vers la voûte azurée qu'une splendide lumière inondait, elle s'écria :

- Allez, Zhöj, droit devant !

Après une élégante pesade, son compagnon fonça aussitôt au galop. Par cette chevauchée, Iheo ignorait qu'elle offrait à son âme l'opportunité de retrouver, au-delà du réel, un peu du merveilleux paradis mémorisé au fond d'elle.

-2-

- Vénérable Eltidhi (*Excellence*), j'ai vu une manifestation très étrange.
- Vraiment ! Et de quoi avait l'air cette ... très étrange manifestation, dazhir Hastack (*ministre Hastack*) ?

Cet himotiahn aux cheveux châtains et aux yeux à l'iris marron entouré de jaune foncé n'inspirait aucune sympathie au ministre qui se devait néanmoins de le traiter avec déférence, eu égard à son titre.

- J'ai clairement vu Azolhis (*cheval mythique ailé de couleur blanche*) monté par un cavalier blanc coiffé d'un casque d'or.
- Tu déraisonnes, mon pauvre Moshy (*titre nobiliaire*), rétorqua le rhis Niëvor. Il s'agit incontestablement d'une hallucination. Un verre de trop de liticraz (*nom d'un vin au tanin agréable*) t'aura brouillé l'esprit et fait voir dans un rayon de Phëliz (*dieu du jour*) un phénomène extraordinaire.
- Avec tout mon respect, insista le ministre, ce n'était là ni une hallucination ni un mirage. De plus, je n'ai guère de prédilection pour l'alcool.
- Bon, admettons, dyaz Moshy ! Que ne t'es-tu alors efforcé de poursuivre cette chose, puis de nous ramener ce mystérieux cavalier, afin que nous l'interrogions et dévoilions la vérité. Cela ferait un mythe de moins dans ce monde truffé de superstitions ridicules. Ne dit-on pas que tu es le meilleur cavalier de Kûrhasm ... après le Kzâhr naturellement ?

Homme imposant de 2,16 mètres et pesant 109 kilos, Niëvor n'étant pas toutefois un petit gabarit, ce miotiahn, dont les cheveux roux tiraient vers le rouge et au regard gris orné de subtiles nuances, était en effet un cavalier émérite – comme son défunt père Liezhak – et capable en réalité de mettre le Kzâhr Xanghôr en échec.

- Je m'y suis hasardé Zheiry Niëvor (*le plus haut titre nobiliaire après celui de Kzâhr*), mais, à l'instar d'Azolhis (*cheval mythique ailé*), ce cheval paraissait effectivement avoir des ailes.

- Donc, résumons. Tu as vu une chose blanche ... cet Azolhis est d'un blanc sans pareil si je m'en réfère à la croyance.

- Tout à fait, dyaz rhis.

- Par conséquent, une chose blanche semblable à un cheval volant portant un cavalier euh ... blanc, je suppose ...

- C'est bien ça.

- Et qui portait un casque d'or.

- C'est ce que j'ai vu.

- Ce sont là des histoires de conteurs en mesure de distraire un peuple en quête de rêve. Quant à nous, raisonnons lucidement, dyaz dazhir (*monsieur le Ministre*) ! Un cheval volant est une chimère et ne saurait être retenu comme une hypothèse sensée.

- J'ai dit qu'il semblait voler, Eltidhi, et je maintiens que ce que mes yeux ont vu n'était point une fantasmagorie.

- Essaierais-tu de me dire, moshy Hastack, que les dieux nous font un signe ? Demanda-t-il avec un sourire ironique.

- En effet, il m'apparaît que le Dieu au-dessus de tous les dieux nous prépare à quelque chose.

- Et à quoi nous préparerait-il, monsieur le ministre ? S'enquit Niëvor, les bras croisés, une main sous le menton et le regard pensif.

- Je ne saurais expliquer cette intuition, Eltidhi.

- Outre que je n'adhère pas à ta déduction, je ne peux rapporter ce fait au révérendissime Prâktir Zyarik (*chef religieux de Kûrhasm*). Il me prendrait pour un néophyte, voire un naïf ou un imbécile même. Et encore moins à Zhüs Kagîz (*Sa Majesté*) qui s'empresserait de me ridiculiser avec un de ses silles. Aussi, je t'engage à te départir de ta croyance et à mener une enquête sérieuse, puis de m'en faire un compte rendu plus probant qu'un Azolhis portant un mythique cavalier.

Contrairement à la crainte de Niëvor, Xanghôr était un homme profondément respectueux de ses sujets. De plus, son amour de la belle poésie ne l'incitait guère à composer des pamphlets et autres critiques insultantes.

- Je vais faire passer l'information de ce fait aux dudziz (*gouverneurs*) des onze provinces en les exhortant à me signaler tout phénomène analogue.
- Agis comme tu l'entends, mais tire cette affaire au clair, dyaz dazhir. Nul doute que tu en viendras à la sage conclusion que cette chose n'était qu'une pauvre vision imaginaire.
- D'accord. Paix en toi, Zheiry Niëvor.
- Paix en toi, Moshy Hastack. Et ouvre l'œil ! Les dieux vont peut-être faire tomber une pluie d'étoiles fulgurantes sur Khûrasm.

Le ministre de la sécurité se retira en maugréant. Guère amusé par la plaisanterie saumâtre du rhis, il espérait parvenir à lui faire supputer sa vanité, voire à le discréditer publiquement. En outre, il voyait comme une anomalie le fait que cet himotiahn imbus fût à ce poste clé de l'État, Xanghôr lui ayant, de surcroît, quasiment confié les clés du Kzahrum (*de l'Empire*). Il subodorait que ce Zheiry dissimulait une ambition qu'il ne cesserait d'essayer hypocritement de concrétiser. Pourquoi donc le grand-père de Xanghôr avait privilégié un himotiahn (*homme de la 2ème race*) à un miotiahn (*homme de la 1ère race*) pour cette haute charge ? À l'évidence, Môzhul (*Kzâhr défunt et grand-père de Xanghôr*) s'était surtout attaché à montrer son sens de l'équité, puis Vighêz (*père de Xanghôr*) et Xanghôr, ensuite, n'avaient eu à cœur que de respecter la mémoire de leur illustre aïeul.

Pendant ce temps, juchée sur Zhöj ... un prolongement d'elle-même désormais, Iheo traversait les provinces. Pressentant la vibration de l'âme habitant ce volumineux corps, elle l'avait en quelque sorte humanisé et, de fait, elle ne le traitait plus comme un animal. Sa capacité à accéder au cœur de ce dernier lui permettait de communiquer avec lui autrement que par le langage. Effectuant cette chose avec spontanéité, elle n'en venait pas à s'interroger sur la vérité ou non au-delà. Par ailleurs, elle imaginait des histoires qu'elle lui racontait ou, plutôt, une voix les lui susurrait au fond de l'oreille. Ce qui la plaçait, en permanence, à mi-chemin entre deux mondes. Le touchant ravissement qu'elle percevait dans le regard de Zhöj l'encourageait à nourrir cette silencieuse délectation. Quand il lui arrivait d'éprouver un peu de spleen, ce dernier la taquinait avec son museau, dodelinait de la tête ou, encore, galopait en hennissant et en s'ébrouant. Il se risquait aussi à l'amuser à l'aide de figures acrobatiques. Elle riait alors de bon cœur, une joie qui enhardissait manifestement le côté facétieux de ce cheval étrange. De même, il la portait à vive allure, des courses effrénées qui la grisaient, projetaient son être hors du corps dans une dimension superbement éclatante et lieu d'un continuum éternel.

Ces chevauchées au-dessus de l'île ne lui laissaient guère le loisir d'en contempler le panorama. Eût-elle une monture moins pétulante, elle se serait extasiée devant la diversité de Kûrhasm : paysages d'une effrayante siccité, d'une magnifique luxuriance, montagneux ou d'une monotone platitude, régions à la sensation caniculaire ou au climat modéré, balayées par l'haguiz, le këruish, l'otrakan, le rhif, le sizhor, le tiskozo, la tunghä, le zöril ou bien la gristhal, le färk, voire un frais cifhus, une légère lizh ou une tiède ëlfhy (*noms des vents soufflant sur cet univers*). Elle aurait eu, de même, l'impression de traverser des pays différents, tant chaque région se particularisait par sa géographie. Femme subtile, ses yeux auraient admiré les beautés de cet univers et son être se serait enrichi de ce que l'esprit perce derrière l'apparence. À l'évidence, cette expérience exceptionnelle aguerrissait son âme. Ainsi les voiles finiraient par se lever peu à peu, puis sa véritable mission en ce monde par s'éclairer d'une belle lumière. Quand Zhöj se décidait à la poser sur la terre ferme, elle parlait avec amour à la Nature dont elle louait la magnificence et l'abnégation ; vu qu'elle en pénétrait, d'instinct, la quiddité. Tout en s'émerveillant des plantes ou fleurs multicolores, elle tentait de décrypter l'essence chromatique du bleu de l'üghlen ou du lyphum, du pourpre du noghyk, du rose de l'esken ou de l'ëthuris, du jaune de l'hëlizium ou du kalingh, et, même, du blanc du zöryl ou du zënum (*quelques noms de fleurs poussant sur cette terre*). Elle avait également médité face à un champ d'hëlizorhiz (*fleurs d'un jaune lumineux*), une contemplation qui avait ressuscité de confuses réminiscences et provoqué des mirages lumineux comme si elle souffrît de photopsie. Son incessante inclination pour la luminosité revêtant un caractère quasi maladif, les heures crépusculaires lui semblaient très angoissantes à cause des ombres bizarres dont elle imaginait l'assaut contre elle. Elle tournait alors son regard vers l'infinie constellation du ciel tout en s'interrogeant sur cette lointaine myriade qui naissait la nuit et mourait le jour. Ce moment l'apeurait tellement qu'elle s'arrangeait pour s'endormir à l'heure de la déclinaison du rayonnement de Phëliz (*dieu du jour*) jusqu'à celle post-aurorale. Blottie contre lui, elle se servait de Zhöj comme d'un rempart pour tenir à distance les irhiotz, ethuolz et autres viotz (*spectres, ectoplasmes et autres incubes*). Elle profitait aussi d'une lueur de la veille (*la lune était appelée « veille » par ce peuple*) pour dissuader leurs attaques, persuadée qu'ils n'agissaient que dans la nuit.

Quand elle ne passait pas au-dessus de Kûrhasm avec la fugacité d'une chose céleste, d'un astéroïde ou telle une lumière pourchassant les ténèbres – effrayant les phygraz, kupiz, skaoutz ou autres krociarhïx (*quelques noms d'oiseaux*) – elle se retirait dans une petite caverne de Lunshë sise au bout de Kimëciur (*lieux du Philistrath, voir la carte dans l'addenda sur le site*) ; un endroit agréablement frais au fin fond de cette province aux sensations de degré huit (*équivaut à +38° Celsius*), voire huit supérieur (*équivaut à +45° Celsius*) vers lequel elle s'était dirigée par intuition[9]. Elle s'y reposait aux heures les plus chaudes, mais préférait dormir à l'abri de son cher protecteur. Elle ne mesurait pas combien sa mystérieuse incarnation sur cette terre relevait d'un ordonnancement occulte.

Animal surdoué, son compagnon empruntait sans cesse des voies fabuleuses ou bien galopait à la vitesse du vent, prenant l'apparence d'un cheval mythique. Iheo et Zhöj, deux inséparables que le destin avait magiquement unis, mais, en vérité, deux âmes aux missions concomitantes. Telle une fulguration, ils continuaient de fendre l'air de Kûrhasm et, partant, de créer la polémique.

---

[9] Voir la position du Philistrath, cette province où Iheo s'est incarnée, dans l'addenda sur le site

-3-

- Esthanz, fais donc quérir le rhis Niëvor et qu'il lui soit bien précisé de venir sur-le-champ, ordonna Xanghôr au chef de l'équipe des messagers du Zahrkëlyum (*Palais du Kzâhr*) ; un immense édifice qui se trouvait au cœur d'un village enceint par de hauts murs où logeaient les trois cents familles nobles de la Cour – en majorité de race miothy, mais aussi himothy – et dont nul ne savait plus comment elles avaient eu ce privilège. Le territoire comptait, par ailleurs, des milliers d'autres nobles.

- À vos ordres, Zyâr (*Sire*) !

Les mains dans le dos, le monarque arpentait la pièce en marmonnant. Il ne supportait pas cette mise à l'écart, une façon détournée de le traiter de souverain fantoche. Peu lui importait l'ambitieuse aspiration du rhis (*vice-Kzâhr*), pourvu qu'elle ne piétinât pas les prérogatives de son autorité. En final, il désirait que celui-ci le libérât seulement des tâches ennuyeuses du pouvoir et lui permit ainsi de se consacrer à sa passion artistique. Par contre, il comptait faire cesser cette intention sournoise visant à le tourner en ridicule.

- Dyaz Eltidhi (*Son Excellence*) attend d'être reçu par Zhüs Kagîz (*Sa Majesté*), annonça Esthanz.
- Prie-le d'entrer.

Celui-ci pénétra dans la petite salle d'audience et salua comme imposé par le Rispenziom (*l'Étiquette*).
- Eld Zhiaki (*Votre Seigneurie*), on m'a transmis votre désir de me voir sans retard, dit Niëvor en se courbant à nouveau respectueusement.
- Dis-moi, Zheiry Niëvor, qui suis-je ?

Sous l'effet de la colère, et telle une mer reflétant le ciel assombri soudain par l'orage, l'iris bleu sur une cornée jaune clair de son puissant regard avait quasiment viré à la couleur marine.

- Zhüs Kagîz le Grand Kzâhr Xanghôr, illustre miotiahn et éminent souverain du sérénissime univers de Kûrhasm, répondit le rhis, un genou à terre et la tête baissée.

- Relève-toi, Zheiry Niëvor. Tu n'ignores pas combien la papelardise m'ennuie. N'aie crainte, je te permettrai de continuer à te substituer à moi et à jouer au roi. Par contre, tu t'es fait un devoir de me garder dans l'ignorance d'un événement que personne ne méconnaît plus apparemment de Stiarâk à Klarighz[10].

- Sublime Kzâhr, j'ai simplement attendu de meilleures informations grâce auxquelles il me serait possible de vérifier la véracité de ce fait, rétorqua ce dernier avec ses yeux de Klodam (*monstre marin au regard très rusé - mythologie*).

- J'entends bien, Niëvor ! Or, s'agissant d'une chose extraordinaire dépassant ta compétence, il t'aurait fallu m'en aviser. Il m'appartenait ensuite d'en poursuivre ou non l'investigation.

- Zyâr (*Sire*), cette chose m'a paru si fantasque que …

- Justement ! Coupa sèchement Xanghôr. Ton stupide rationalisme ferme ton esprit à la compréhension spirituelle des situations, alors que ma sensibilité me permet, au contraire, de sublimer l'illusion et de saisir la magnifique subtilité qui se cache au-delà de l'apparence.

- Quand le Moshy Hastack m'a rapporté sa vision, je l'ai engagé à enquêter au sujet de cette soi-disant apparition. Depuis, j'ai appris que cette manifestation s'est produite à divers endroits.

---

[10] Deux villes situées au nord de l'Anaphysis pour la première et au sud de l'Obëxan pour la deuxième (voir les cartes de ces provinces dans l'addenda sur le site) ; elles marquent donc les deux points extrêmes du vaste territoire de Kûrhasm

- J'ai là des messages envoyés au grand Prâktir Zyarik (*chef religieux*) par les dudziz (*gouverneurs*) de plusieurs provinces, à savoir le Tërasthan, le Cëldys, l'Obëxan, le Jogh, le Phrangys ainsi que ma douce Anaphysis (*noms de six provinces sur les douze que compte Kûrhasm*). Surtout, ne cours pas morigéner le pauvre Hastack, car j'ai eu connaissance de cette survenance par Zyarik qui s'est d'ailleurs retiré dans le dërhom Mirias (*édifice religieux*) pour consulter les dieux.

- Insinueriez-vous que les dieux nous envoient un message, Eld Zhiaki ?

- Pour l'instant, je n'insinue guère et je n'ai pas d'avis ! J'attends que le grand Prâktir me fasse part de ce qu'il aura entendu dans ses prières. Bien, tu peux disposer ! Et que ceci te serve de leçon, Zheiry Niëvor ! À l'avenir, je veux être informé de toutes les circonstances particulières survenant sur Kûrhasm … j'ai bien dit toutes.

- Il en sera ainsi désormais, Grand Kzâhr. Paix en vous, Kagîz.

- Paix en toi, dyaz rhis.

Xanghôr comptait sur l'éclairage de Zyarik concernant cette apparition qui avait frappé diversement les esprits. En effet, les messages faisaient état d'une sorte d'Azolhis (*cheval mythique ailé*) casqué d'or, d'une déesse aux cheveux d'or, parée de blanc, et s'évertuant à traverser les airs à dos d'Asphozix (*grand oiseau blanc mythique*), voire du dieu Arhis (*fils de Phëliz, le dieu du jour*) chevauchant dans le ciel sur un animal inconnu ou, enfin, d'un cavalier ryziakiahn (*de la race ryziak ; voir les explications déjà données sur celle-ci*) par lequel Kâmios indiquait, probablement, la revenue de la race ryziak (*individus à la peau blanche, yeux clairs et cheveux blonds*) dans cet univers. Fort de sa propre tentative de tirer la substantifique moelle de ces diverses interprétations, il lui vint l'intuition qu'une femme céleste, drapée d'une robe de lumière, parcourait ce monde sur le fameux cheval enfanté par les dieux. Cette explication confortait son espérance et exacerbait aussi son inspiration tout en n'apportant pas une réponse crédible à ce phénomène. Mais, s'agissant d'une chose extraordinaire, il était logique que les spectateurs n'en pussent donner un témoignage identique. Quant à lui, il lui plaisait d'effectuer un rapprochement entre cette manifestation et le rêve troublant dont son cœur gardait l'indélébile empreinte. S'apprêtait-il à voir le formidable effet de son chant ? Montée jusqu'au firmament, sa plainte aurait-elle ému l'âme de la belle de son cœur, puis celle-ci s'était-elle mise à survoler frénétiquement Kûrhasm à la recherche du poète à l'origine de cette promesse d'amour ? Il rechanta le refrain du poème mis en musique par Sardhit avec la ferme foi que, tel le chant de Navexak (*gardien de la porte des Cieux et dont le chant permettait aux âmes d'en retrouver le chemin*), cette mélopée ferait venir vers lui la femme vue en songe.

« Ne rejette pas ma prière,
Femme cachée dans un rêve !
Inonde-moi de ta lumière,
Beauté du firmament !
Dans ta dimension élève
Mon frêle cœur soupirant.
D'un peuple, tu seras Kzâhrah
Et moi, ton féal servant.
Entends l'écho de ma prière,
Il est celui d'un amour ardent ! ».

-4-

- Zyâr, j'ai prié le suprême Kâmios, trois jours durant, dans le dërhom Mirias (*édifice religieux*), afin qu'il m'honore de sa lumière. Je n'ai pas encore reçu la grâce de celle-ci, mais il faut garder confiance, Elk Kzâhr (*Grand Kzâhr*). Le Dieu Haut qui préside sur les dieux secondaires m'inspirera ce qu'il en est quand il le jugera utile. Si cela n'arrivait pas, cependant, nous devrions nous faire une raison et admettre qu'il n'y a rien à entendre. Après tout, il se peut qu'un génial plaisantin s'amuse à abuser tout le monde en simulant l'extraordinaire.

- Révérendissime Zyarik, les chevaux de Kûrhasm sont majoritairement des hizaniz (*race d'un cheval courant*) à la robe foncée, marron ou marron rouge. Quant aux keskhalz, aux melhiz et aux hytzorz (*belles races chevaux réservées aux privilégiés*), ils n'ont jamais été blancs. Concernant, enfin, les ëpalzhiz (*race élevée uniquement dans les écuries du Kzâhr*), ils ne sont élevés que dans les écuries de l'Autorité et, à ce jour, nulle jument n'a mis bas d'un poulain blanc. Si l'on en croit le krönhystrum (*qui répertorie l'histoire de l'univers de Kûrhasm*), quelques spécimens auraient eu une belle robe blanche en Dixyzis (*province située au nord-ouest de Kûrhasm*) ; mais ce fait est cependant de l'ordre du mythe, puisqu'ils auraient existé sur Erhük et, donc, avant la recréation de cet univers. En tout état de cause, aucun terkhalk (*tablette de terre cuite pour les divers écrits*) ne rapporte qu'ils galopaient à la vitesse de l'éclair ou portaient des ailes.

- Absolument, Kagîz. D'ailleurs, les visions sont toutes on ne peut plus fantaisistes. Elles suggèrent l'idée d'un personnage s'habillant de manière fantasque, voire variant les accoutrements, et se plaisant à traverser les provinces, puis à disparaître. Il semble donc qu'il veuille se faire passer pour une manifestation céleste. En tout cas, il s'agit d'un cavalier hors pair montant un cheval exceptionnel.

- Bien, je te remercie pour ce point de vue, Prâktir Zyarik. Je vais réfléchir à la suite que je compte donner à cette affaire. Paix en toi.
- Paix en vous, Zyâr.

Il trouva plutôt décevante l'explication rationnelle de Zyarik. Celui-ci avait-il cru nécessaire de temporiser, d'enterrer le problème jusqu'à ce que les soldats d'une des provinces parvinssent à coincer l'éventuel farceur ? Regrettant que le chef de la religion n'eut pas un avis plus éclairant et spirituel de la chose, il décida de rendre visite au Moshy Prophys (*titre nobiliaire de deuxième degré ; la hiérarchie nobiliaire en compte quatre*) en Hëliasm (*province située au centre est de Kûrhasm*) ; en effet, il avait déjà eu l'occasion de supputer la science et, surtout, l'élévation d'âme de cet homme. Certain que la Cour gloserait si elle apprenait sa démarche auprès du hiérographe, Xanghôr inventa un voyage à Stiarâk dans sa chère Anaphysis. De façon à induire celle-ci en erreur, il commanda au ciapiriat de la zahrasti (*commandant de sa garde personnelle*), de prévoir un départ à l'heure où l'aube déploie ses premières lueurs. Profitant de ce que la nuit était bien noire, grimé en meiriahn (*race à la peau noire*) et vêtu d'un trenkhal (*longue cape avec capuchon pour se protéger du vent*), dont il rabattit le capuchon sur les yeux, il traversa vélocement le Palais et lâcha, d'une voix changée, au deux zerkatz (*soldat de l'armée de l'Autorité*) en faction à l'entrée : « Bonne nuit, les gars ! ». Puis, d'un pas rapide, il se dirigea vers le keskhal (*race de cheval*) d'un soldat qu'il enfourcha lestement avant de s'élancer au galop en direction du somptueux portail de Tyzaregh[11]. Il s'y adressa à un autre garde avec la même décontraction : « Bonne garde et à demain ! ». Dès lors, il alla bon train vers la sortie de Vighêz (*capitale de Kûrhasm*) et sur les chemins, ensuite, tout en s'amusant de l'affolement que sa

---

[11] Nom du village où se trouvait le Palais du Kzâhr (voir le dessin de ce portail dans l'addenda sur le site)

disparition ne manquerait pas de provoquer. Par contre, que les pauvres gardes écopassent d'un copieux sermon, à cause de lui, le peina.

Tandis qu'il chevauchait en direction de Blazans (*chef-lieu de la province de l'Hëliasm, située au centre-est de Kûrhasm*) – s'étant ôté son maquillage dans l'eau du Teck –, il redoublait d'attention au cas où le fameux phénomène viendrait à se produire. L'idéal aurait été qu'il pût se forger une opinion à partir de sa propre observation, plutôt que d'avoir à s'enquérir auprès d'un occultiste de la vérité derrière cette illusion. À son arrivée dans le chef-lieu de l'Hëliasm, nulle manifestation n'ayant traversé son champ de vision, il douta de la fiabilité des témoignages oculaires ; il les prenait même pour de purs produits de l'imaginaire collectif. Prophys étant un homme doté d'une belle intelligence – une faculté dont Kâmios (*le Dieu au-dessus de tous les dieux*) avait gratifié, selon lui, les individus de la première race principalement – il avait confiance que sa recherche n'en viendrait pas à s'ébruiter ; car si l'étiquette de Kzâhr poète et lunaire ne lui déplaisait pas, il n'apprécierait point de passer pour un benêt. Il n'ignorait pas que certains nobles de la Cour dénigraient affectueusement ses divagations artistiques, alléguant même qu'elles le coupaient du réel et de sa haute responsabilité. En vérité, et en dépit de cette défaillance, beaucoup louaient son génie. Quant au peuple, il vénérait ce monarque sensible et profondément humain.

Il lui plut de traverser Blazans à la manière d'un banal kuriahn (*qualificatif pour habitant de Kûrhasm*), un anonymat qui le reposait du Rispenziom (*l'Étiquette*) et des obligations du Zahrkëlyum (*Palais du Kzâhr*). Prophys s'inquiéta de cette visite inopinée du souverain en personne, s'étonnant également de ce qu'il venait à lui dans une condition on ne peut plus humble. Avant que ce dernier ne le fît entourer de moult égards par ses serviteurs, Xanghôr l'exhorta au silence et à une absolue discrétion.

- Moshy Prophys, je viens chez toi à l'improviste, car je connais ta sapience et ta capacité à lire la pensée des dieux.
- Zhüs Kagîz, je n'ai point en vérité autant de science. Cet honneur qui devrait me combler me fait mesurer, au contraire, le danger d'une telle vanité ; car celle-ci ne manque pas de fermer la porte de l'Esprit du Très Haut.
- Bien, fais-moi la faveur alors de ton humble éclairage. Voici la raison de ma venue et ... que je te recommande de ne pas divulguer évidemment. C'est pourquoi, d'ailleurs, je suis ainsi vêtu.
- Zyâr, j'ai déjà oublié que le Kzâhr m'a fait l'insigne grâce de me consulter.
- Tu seras largement récompensé, Moshy Prophys. J'imagine que tu as entendu parler de cette apparition ... parée des attributs les plus divers ... par les dudziz (*gouverneurs*) de plusieurs provinces, vu qu'ils ont averti le Prâktir Zyarik qu'une chose surnaturelle hantait notre univers.
- Il m'est effectivement venu l'écho de cette ... ce phénomène, Grand Kzâhr.
- Accepterais-tu de chercher pour moi ce que cache cette chose ? Est-elle, en effet, une supercherie ou un signe des dieux !
- Je vais essayer, Kagîz. Mais, tout d'abord, il convient que vous me fassiez part de votre conviction profonde.
- En fait, tu veux savoir si je crois en une manifestation divine !
- Seulement ce que croyez réellement, Kagîz.
- Réellement, dis-tu ? Il est possible, après tout, que Kâmios s'ingénie à transmettre un message aux himotiahnz (*individus de la 2ème race*) et aux meiriahnz (*individus de la 3ème race*). Peut-être met-il aussi à l'épreuve la foi des miotiahnz (*individus de la 1ère race*) et sonde-t-il cette hauteur d'âme qu'il leur a insufflée.
- Bien, puisque votre cœur n'est pas complètement sceptique et prisonnier d'un rationalisme bloquant, je peux donc tenter de l'éclairer.
- Cela signifie-t-il que tu as déjà eu une vision à ce sujet ?

- Une simple inspiration, Eld Zhiaki.
- Alors, je suis tout ouïe, mon cher Prophys.

Le mostjen (*hiérographe*) lui demanda de poser ses mains sur les siennes, puis de dire à voix haute le motif de sa recherche. S'exécutant, Xanghôr donna sa question tout en évitant de penser à son rêve pour ne pas influencer l'occultiste qui, les yeux clos, demeura un long moment silencieux et à l'écoute d'Azül (*le dieu du cosmos*).

- Je vois, commença-t-il soudain ... Je vois une femme couronnée ... une couronne sertie de douze pierres précieuses dont la plus grosse sur le devant a la forme d'un cœur. C'est un linx magnifique (*pierre précieuse d'une belle transparence*), duquel émane un intense rayonnement ... une lumière d'un blanc éclatant. Concernant cette personne, elle a la peau plutôt claire, un peu comme celle des ryziakiahnz ou des witiahnz (*deux races antiques à la carnation blanche*) dont le krönhystrum rapporte la lointaine existence. Son corps est également enceint d'un halo brillant. Assurément, il s'agit d'une âme exceptionnelle.

Puis il se tut, l'esprit humblement prosterné.

Le Kzâhr observait cet homme au visage serein et au crâne dégarni tout en enviant sa belle tranquillité d'âme.

- À présent, ce personnage féminin est en train de s'évanouir au sein d'une nuée, reprit le mostjen. La voix d'Azül me suggère de vous dire : « Suis la Lumière d'Amour ».
Rouvrant ses yeux à l'iris gris pigmenté de noir sur une cornée jaune clair, Prophys scruta le regard d'un magnifique bleu de son cher souverain.
- Voilà, Zyâr. J'espère vous avoir éclairé.

- Mais ... peux-tu m'expliquer le rapport qui existe entre cette vision et l'apparition ? s'enquit Xanghôr qui trouvait tout cela plutôt flou et peu enclin à le mettre sur la voie.
- À l'évidence, la femme que j'ai vue appartient à un autre monde. Il s'agit d'une sorte de déesse, mais qui ne ressemble à aucune de celles que notre mythologie contient. En ce qui concerne les douze pierres, elles figurent, pour moi, les douze provinces de Kûrhasm et celle en forme de cœur symbolise l'Amour. Pour ce qui est du linx (*pierre précieuse semblable au diamant*) projetant une lumière d'un blanc unique, il indique un amour d'une grande pureté et quasiment céleste. Le message, enfin, signifie qu'il vous faut vous laisser guider par la lumière du désir en votre cœur.
- En déduis-tu que la manifestation ayant lieu actuellement sur Kûrhasm est un signe que Kâmios m'adresse personnellement ?
- Voici ce que j'entends encore, Kagîz : « Suis la Lumière d'Amour. En ton cœur est la voie que tu cherches ».

Xanghôr quitta Prophys, passablement frustré. Il avait escompté que ce dernier lèverait le voile de cette énigme et non qu'il le renverrait à sa pauvre intuition. Il décida de partir à l'aventure, un voyage qui le conduisit vers le nord de l'Hëliasm aux paysages apaisants. Il dormait à la belle étoile et mangeait les fruits croissant en abondance dans les jardins libres[12]. Ceux qui le croisaient ne soupçonnaient pas sa haute condition, vu qu'il dissimulait son physique à l'aide d'un accoutrement et du capuchon de son trenkhal (*longue cape*) ; car ses yeux si caractéristiques, et d'une belle couleur bleu clair – dont les conteurs vantaient la provenance divine –, trahiraient évidemment son haut statut. Il savourait cet incognito qui le libérait, pour l'heure, des contraintes de Tyzaregh Këlyum (*Palais*

---

[12] Sur tout le territoire, des jardins, où poussaient d'excellents fruits, étaient à la disposition des habitants

de Tyzaregh qui était le village du Kzâhr et des nobles) et des inévitables superfluités afférentes à la pompe de celui-ci. Il n'avait pas conscience de faire une marche indispensable vers l'authenticité et la simplicité de cœur, un passage apte à le mener vers la femme de son destin. Par cette courte retraite dans la nature, il s'était aussi éloigné du hourvari de la capitale, un silence qui lui permettait d'être à l'écoute de son âme. Désirant découvrir désormais ce fameux chemin, dont Prophys avait insufflé sa pensée, il invoqua le Ciel avec l'espoir que celui-ci l'honorerait d'une sublime intuition :

« Ô Dieu de l'Univers !
Entends mon humble prière.
Ô gloire éternelle !
Ne reste pas sourd à mon appel !
Bien que, depuis ton empyrée,
Le chagrin de mon cœur
Ne soit qu'une bien piètre misère,
Un insignifiant malheur.
Quant au désir en mon être,
Il est certes sans grand intérêt.

Ô Lumière infinie !
Honore-moi de ta substance,
Daigne insuffler mon esprit
De ton ineffable essence.
Combien ton infaillible sagesse
Me serait un précieux secours
Pour marcher vers cette Zheirah (*princesse*)
Entraperçue au fond d'un rêve ».

Si ce Haut Dieu s'avisait de le laisser chancir, il se laisserait alors dériver jusqu'à devenir un pauvre hère. La pensée totalement occupée par le refrain du poème d'amour, il chantait celui-ci sans s'en rendre compte. Son cœur s'évertuait ainsi à émerveiller celui de la Zheirah (*premier titre nobiliaire après celui de Kzâhrah*) vue en rêve et dont Prophys avait idéalisé, sans doute, l'apparence et la divinité. Il n'osait croire encore qu'elle tomberait tout à coup du ciel devant lui, même si ce serait là une juste récompense de sa ferveur. Son antienne avait-elle finalement ému Kâmios ? Il se sentit animé, un matin, par le vif désir d'agir avec une plus grande détermination.

Sa chevauchée solitaire l'ayant peu à peu mené vers sa chère Anaphysis (*province située au nord-est de Kûrhasm, voir la carte générale dans l'addenda*), il était heureux de pouvoir en respirer à nouveau les subtiles essences. Cette province était un lieu grandement propice à sa créativité. Pourtant, il lui fallait ranger les rimes au fond de sa mémoire en attendant que son graveur attitré ne les immortalisât sur des terkhalkz (*tablettes*).

Après la vallée de Kasphor, il lança sa monture au galop. L'envie lui vint de forcer l'entrée d'Hüzom këlyum (*Palais de Stiarâk, principale résidence secondaire du Kzâhr*) devant lequel quatre zerkatz (*soldats de l'Armée de l'Autorité*) stationnaient et qui le virent arriver de loin. Ainsi deux d'entre eux, de solides meiriahnz (*individus de la 3ème race*), enfourchèrent leurs chevaux avec vélocité, de façon à lui barrer la route. Parvenus à sa hauteur, l'un le désarçonna brutalement et l'autre le plaqua sur le sol ; pourtant, il était lui-même un beau spécimen de la race miothy (*2,20 m, 118 kg*).

- Allons dirhen (*messieurs*), vous ne reconnaissez plus votre Kzâhr ? Dit-il, plutôt sonné.
- Mais, Zyâr, nous … enfin, vous …
- Bien, vous constatez qu'il ne s'agit point d'un intrus maintenant. Alors, laissez-moi passer et … allez clamer que le souverain est de retour.

Les soldats lui firent leurs plus plates excuses. Quant aux autres quatre zarahtz (*gardes personnels du Kzâhr, au nombre de 12*) présents dans l'enceinte, ils s'occupèrent avec empressement de sa monture. Il pénétra d'un pas décidé dans le palais en se délectant, par avance, de la nuit de repos sur un bon lit après ce mois et demi d'errance. Il pensa que l'âme de son père devait critiquer ce comportement depuis son petit paradis. Quant à lui, il se ressouviendrait avec émoi de ce temps à l'écart du faste ; une expérience qui l'avait initié à l'exploration de sa nature profonde et fait réaliser combien la superficialité entrave l'accès à la vérité du cœur. Par contre, nulle lumière ou cavalier volant n'avait fendu l'air durant cette pérégrination. Aussi considérait-il avec scepticisme l'existence de cette chose. Fût-elle réelle, elle s'ingéniait à l'éviter.

-5-

Vive le Grand Kzâhr Xanghôr ! Vive notre Kzâhr bien-aimé ! Hurlait la foule de plus en plus nombreuse sur son passage, tandis que les quatre zerkatz, qui le précédaient, et les trois zahratz qui l'encadraient, s'appliquaient à le protéger des éventuelles extravagances de quelques passionnés.

Dans une des salles d'audience du Zahrkëlyum (*Palais de l'Autorité*), un aréopage, composé des nobles autorisés et des ministres, rhis (*vice-Kzâhr*) en tête, lui fit un accueil solennel.
- Kagîz, votre absence a plongé nos cœurs dans le chagrin. Nous avons prié et guetté chaque jour votre retour, déclara le Zheiry[13] Zasten.
- Ma poésie souffrait tant de ne pouvoir s'épanouir dans l'agitation de Tyzaregh qu'il m'a fallu me résoudre à lui offrir un cadre plus favorable.

Si la réflexion du Kzâhr les amusa, ils regrettaient son détachement des affaires de l'État. À son tour, Niëvor expliqua :
- Kagîz, quand le ciapiriat (*commandant*) Rëhmiog m'a informé, après que votre premier serviteur l'ait confirmé, que vous restiez introuvable, j'ai ordonné l'envoi de onze escadrons de zerkatz et de quelques hommes de la zahrasti (*garde personnelle du Kzâhr*) vers les différentes provinces. Nous ne savions que penser, Zyâr. À présent, votre retour nous ravit.

Xanghôr sentait bien que tous attendaient qu'il reléguât ce rhis (*vice-Kzâhr*) mal-aimé et reprît les rênes du Kzâhrum (*l'État*). Au contraire, il déclara :

---

[13] Titre nobiliaire de 4ème degré, c'est-à-dire le plus élevé. Seuls les miotiahnz (1ère race) en étaient gratifiés. Au sein d'une province, le Zheiry représentait le Kzâhr. Quant à Niëvor, de race himothy (2ème race), il était Zheiry par filiation. Pour une raison inconnue, le Kzâhr Môzhul avait attribué ce titre nobiliaire à son grand-père

L'œuvre subtile

- Zheiry Niëvor, tu vas pouvoir continuer à t'asseoir sur le trône de l'Autorité, car je repars aujourd'hui même.

De timides protestations circulèrent dans les rangs de l'assemblée.

- Mais Zyâr … s'étonna Niëvor.
- Moshy Hastack ! Coupa le Kzâhr.
- Kagîz ! S'empressa ce dernier.

Préviens le ciapiriat de la zahrasti de se préparer à partir et précise-lui qu'il s'agit d'un voyage de deux mois environ. Votre sollicitude m'a touché, dyaz (*messieurs*). Paix en vous.

- Paix en vous, Zyâr, souhaita l'assistance.
- Kagîz, pourrais-je vous entretenir en privé ? S'enquit le rhis.
- Non, Zheiry Niëvor ! Rétorqua-t-il sèchement. Je vais me reposer et réfléchir à l'itinéraire de ce déplacement d'un caractère particulier. De plus, je devine ce que tu souhaites me dire. Prends garde, surtout, de traiter mes sujets avec justice et bonté pendant mon absence.

En sa qualité de ministre de la sécurité, et comme la coutume l'exigeait, le moshy Hastack se fit un devoir d'ébruiter la nouvelle d'un départ imminent du Kzâhr. Homme intuitif, ce dernier avait sa petite idée sur ce nouveau voyage de Xanghôr, bien qu'il la gardât jalousement pour lui. Les discussions allaient bon train au sein de la Cour. Les langues vipérines – vu que le rhis avait constitué son propre groupe de fidèles himotiahnz (*individus de la 2ème race*) – faisaient circuler la rumeur d'une retraite du souverain au fin fond du Philistrath[14]. Ainsi la perspective de son abdication et de la transmission du zahrohl kzöhr (*sceptre de l'Autorité*) à Niëvor, hiérarque himotiahn que le peuple tenait en mésestime, provoqua de nombreuses protestations sur Kûrhasm.

---

[14] Minuscule province inhabitée à cause de son climat caniculaire et semblable à une verrue à l'extrême sud-ouest de la vaste île de Kûrhasm (voir la carte générale dans l'addenda)

Conscient d'imposer une difficile souffrance aux kuriahnz (*habitants de Kûrhasm*), Xanghôr jugeait nécessaire de ne pas dévoiler le motif de ce nouveau départ précipité.

-6-

La grande place Hisphas, jouxtant le village de Tyzaregh, était noire de monde, pareillement à la ville de Vighêz (*voir ce lieu sur la carte dans l'addenda*). Les gens du Tëtrys (*province située au centre de Kûrhasm où se trouvaient la capitale et le Palais du Kzâhr*) et de bourgs voisins étaient venus faire leurs adieux à leur bien-aimé souverain. Ils pensaient, en effet, que celui-ci partait pour ne plus revenir. Vêtu d'une tunique couleur vert prasin – la tête ceinte d'une fine couronne de kyrus (*plante à belles feuilles persistantes utilisées pour la couronne du Kzâhr*), ses magnifiques cheveux roux légèrement calamistrés et le regard bleu aux magnifiques nuances que la cornée jaune clair et lumineuse particularisait plus encore –, le Kzâhr Xanghôr, buste parfaitement droit sur son ëpalzhi (*la plus belle race de chevaux*) joliment décoré, traversait la cité au trot.

Amenée par le monumental ciapiriat meiriahn[15], Rëhmiog, une partie de la zahrasti, en tenue de campagne, l'entourait. Les hurlements de la foule, les lamentations des femmes surtout, éprouvaient grandement le monarque ; car il souffrait d'une incurable hypersensibilité. Certains habitants bousculaient les gardes – qui devaient maîtriser leurs montures énervées par ces gesticulations – tout en le suppliant, les mains jointes, de ne pas les abandonner. Bukanix, buxhiz, golhonx, hübz, kapüraz, qundarz, reishiz, tubakz, puxanz et xuöhmz (*instruments de musique*) du bataillon de musiciens, lesquels fermaient le cortège avec le chœur des zerkatz (*soldats de l'armée de l'Autorité*) chargé de chanter l'hymne de Kûrhasm, résonnaient avec puissance.

---

[15] Race noire (*3ème race*). La coutume voulait que le ciapiriat (*commandant*) et les zahratz (*gardes du Kzâhr*) fussent issus de cette race

« Kûrhasm, Kûrhasm,
Univers cher à nos cœurs,
Kûrhasm, Kûrhasm,
Que Kâmios a béni d'excellence,
Pour que délicieuse y soit l'existence
Et sans pareille l'harmonie.
Kûrhasm, Kûrhasm,
Par les dieux, joliment ciselé,
Comme une merveille des Cieux,
D'une auréole de lumière orné,
D'un sublime linceul bleu entouré,
En cet univers privilégié
Nous louons la faveur d'exister.

Kûrhasm, Kûrhasm,
Demeure pour l'éternité
Ce lieu d'une inégalable beauté,
De plénitude pour les âmes,
Du Ciel, un rayonnant reflet,
De la vie, un brillant idéal.

Entends l'exultation de nos cœurs !
Kûrhasm, Kûrhasm ».

Le visage impassible, en dépit de l'émotion que la musique causait en son cœur, il luttait contre l'envie de montrer au peuple, par de belles rimes, combien il l'aimait. Il improvisa donc une élégie qu'il s'astreignit à réciter dans sa tête.

« Peuple aimé de Kûrhasm,
Ton Kzâhr entend ta peine
Et dans ta clameur la crainte
Que ce poète souverain
Ne renie à jamais sa charge,
Qu'au gré de ses alexandrins

> Il ne chute dans l'abysse des fantasmes,
> Faisant de toi un peuple orphelin.
> Or il n'est point Kzâhr pusillanime,
> Ni esquif sur le flot de ses rimes.
> Certes, son être est animé d'un idéal
> Qui mine sans cesse son âme,
> Dans les rêves, même, la hante
> Pour la mettre en chemin
> Vers celle de son destin.
> Aussi, peuple de Kûrhasm,
> Il ne part que pour chercher la flamme
> Apte à ressusciter son cœur,
> Qui vous soit une vénérée Kzâhrah,
> Une charismatique souveraine,
> Et, pour lui, une divine Somizha (*sorte de Pénélope*) ».

Il attendit d'être à une certaine distance de Vighêz pour se retourner ; la musique continuait de lui parvenir et les cris des habitants de la capitale de le torturer. Levant ses yeux vers le ciel, il y vit soudain fulgurer une forme ornée d'une lumière irisée et semblant tenir un buxhi (*trompette produisant un son à dominante aiguë*). Il lança impulsivement sa monture au galop pour tenter de suivre cette vision ; mais il ne tarda pas à réaliser que son cœur en quête d'extraordinaire s'était laissé abuser. Il stoppa net son cheval en tempêtant *in petto* contre sa stupidité et en remarquant le regard étonné de Rëhmiog qui ne découvrait pas, naturellement, l'inclination de son souverain pour le fantasque. Aussi invita-t-il celui-ci à chevaucher à ses côtés en vue de lui expliquer que ce voyage visait à démasquer l'ostrogoth qui s'évertuait à faire croire à une œuvre des dieux.

- Il est temps que le Kzâhr en personne fasse la lumière sur cette supercherie et prouve à ses sujets que ce phénomène ne recèle en rien un signe de Kâmios », précisa-t-il.

Par cette justification, il souhaitait montrer au ciapiriat Rëhmiog que son comportement fantaisiste ne l'empêchait pas de veiller sur la tranquillité de cet univers. L'officier s'empressa de lui confirmer son profond dévouement ainsi que son efficace concours pendant ce déplacement. Des paroles du ciapiriat qui réjouirent Xanghôr. Certes, il s'abstenait de confier la croyance habitant son être et l'induisant en vérité à partir à la recherche d'une créature vue au fond d'un rêve.

Il entreprit de remonter vers le nord du Tëtrys (*voir ce parcours sur la carte dans l'addenda*), puis de tourner autour de cette province à Bledjok dans le Jogh pour rejoindre Ighiam par la longue plaine de Phenz. Au terme de cette éprouvante chevauchée, il s'arrêta dans une auberge – un zahrast ayant prévenu le chef de son arrivée –, et enjoignit le commandant de sa garde de trouver une monture supplémentaire, des couvertures, de la nourriture ainsi que des vêtements lui permettant de se vêtir de façon plus ordinaire. Cela le renvoya à sa récente expérience de l'authentique et du dénuement. Flanqué de deux gardes, il suivit ensuite la lisière du Tëtrys par les villes d'Azhost, de Plugak et de Göhn (*voir ce parcours sur la carte dans l'addenda*). Tandis que deux autres chevauchaient à l'écart, Rëhmiog le précédait à une cinquantaine de mètres environ. Ce dernier avait déployé les deux derniers hommes pour prendre en chasse éventuellement le facétieux personnage habillé de blanc. Si les zahratz (*gardes personnels*) espéraient mettre la main sur ce mystérieux cavalier, le Kzâhr cherchait, à travers ce petit périple, à percer le phénomène rapporté par nombre de kuriahnz (*habitants de Kûrhasm*) et porteur, sans doute, d'un beau mystère.

La nuit, les soldats faisaient le guet à tour de rôle, chargés d'ouvrir l'œil et de le réveiller si, d'aventure, l'apparition venait à les narguer. Pour sa part, il chantait en lui-même, chaque soir et au réveil, le refrain du poème ; un rituel dont il espérait vivement qu'il exalterait l'amour de la belle de son destin. Après Bavhîn,

Büfhov, Noziarath, Ugaligh (*voir ce parcours sur la carte dans l'addenda*) par des chemins boisés ou bordant des prairies aux exquises senteurs d'askhëliz, cramium, lyaziriz et autres zalhiës (*noms de plantes*), ils longèrent la limite ouest de la région à l'extrême nord du Tërasthan. À hauteur de Fhürik, ils dressèrent un campement de fortune dans un champ attenant à la forêt de Zazost où ils se reposèrent durant deux jours, le temps aussi pour les chevaux de reprendre des forces avant l'accomplissement de la dernière partie de cette randonnée d'observation d'une manifestation qui s'escrimait visiblement à jouer. Nul cavalier ou cavalière casqué d'or n'ayant encore fendu l'espace à dos d'Azolhis (*cheval blanc ailé*), il s'étonnait que tant de personnes fussent témoins d'une chose étrange que sa présence semblait, par contre, éloigner. À l'évidence, son chant d'amour n'avait point créé la magie. Craignant même que sa poésie eût un effet contraire à celui escompté, il doutait d'avoir le privilège dorénavant d'un merveilleux enchantement. Par Zaxië et Pôzor, ils pénétrèrent à nouveau dans le Tëtrys, chacun guettant, avec le même scrupule qu'au début, la voûte azurée ou l'espace autour de lui. Xanghôr subodorait que ses compagnons de route critiquaient en catimini ce voyage stérile, voire insensé. Entre Tyaphiza et Njob, il fit interroger plusieurs personnes par le ciapiriat qui avouèrent candidement n'avoir rien vu de tel. Certains prétendaient, d'ailleurs, que ces visions n'étaient qu'une invention propagée par des conteurs très imaginatifs (*lesquels parcouraient les provinces pour distraire les habitants*). À Holimah, dernière ville avant Vighêz, ils trouvèrent une femme dont le témoignage différait des précédents :

- C'était un genre de cheval blanc avec une crinière dorée. On aurait dit que le vent le portait. Je trouvais ça merveilleux et effrayant aussi. Tout le monde me dit que j'ai rêvé, mais je sais, moi, ce que j'ai vu.

- Voilà une version que personne ne m'avait encore donnée, reconnut le Kzâhr.

- Je vous promets que je mens pas, divin Kagîz, insista la meirinha (*femme de race meiry, peau noire*) en joignant les mains.
- Je pense en effet que tu es sincère. Comment t'appelles-tu ?
- Elëansya, Kagîz.
- Elëansya, avais-tu entendu parler de cette chose auparavant ? Questionna-t-il d'une voix affable.
- Oui, Kagîz.
- Tu as donc pu être influencée par la déclaration de quelqu'un d'autre.
- Non, divin Kagîz. J'ai vu cette chose comme je vous vois ... même si ça avait pas l'air vrai.
- Bon, bon, je te crois ! Dis-moi, Elëansya, peux-tu me préciser le moment où tu as vu cette apparition ?
- Oh, oui ... ça fait bien quinze jours, Kagîz.
- Que Kâmios garde ton cœur en paix, Elëansya.
- Qu'il vous protège aussi, divin Kagiz, répondit cette dernière en se courbant respectueusement.

La vision d'Elëansya s'avérant aussi extravagante que les autres, il ne fut pas tenté de la prendre au sérieux. Ne s'était-il pas donné la peine de faire personnellement un grand tour de cette province sans apercevoir la moindre nuée ? Après ces deux mois sur une selle, et à dormir à la belle étoile pour ne pas manquer une occasion de bénéficier de cet enchantement, il trouvait dépitant de n'avoir pas eu droit à cette grâce. Traversant Vighêz au galop, il passa presque inaperçu ; un anonymat qui lui procura une intime jubilation. Attifé de nippes, il ne ressemblait plus au monarque dont le peuple surveillait le retour. Ce voyage n'avait réussi finalement qu'à renforcer son doute sur la vérité de cette chose et à le convaincre du ridicule de sa naïve espérance en la survenance d'un amour extraordinaire par la magie d'un chant, fût-il passionné. De retour au Zahrkëlyum (*Palais*), il se cloîtra dans ses appartements. Hormis ses deux principaux serviteurs Tastham et Klephir, auxquels il autorisa l'accomplissement d'un service minimum, il ordonna l'absolu respect de son besoin d'isolement. Il y pria Kâmios de lui ôter l'envie de vivre, puisqu'il n'allait pas tarder à devenir un mort vivant. D'ailleurs, son cœur désillusionné n'aspirait plus qu'à dépérir. La flamme du désir s'y était éteinte, le faisant ressembler à une sombre vacuité. Il imagina que son rêve se cherchait un lieu moins hostile et mieux adapté à un bel épanouissement. Quant à la sublime lumière irisée, présage d'une femme en attente d'amour, elle ne viendrait plus enchanter son sommeil. Se remémorant le message entendu par Prophys : « Suis la Lumière d'Amour. En ton cœur est la voie que tu cherches », il estimait s'être conformé à son intuition, avoir suivi un fil subtil à l'instar d'une âme cherchant à sortir du labyrinthe des ténèbres grâce au chant de Navexak (*gardien des Cieux dont le chant permet d'en retrouver le chemin*). Probablement, s'était-il égaré dans le dédale de sa croyance, de son envie et de son fol espoir.

Les jours passant, il se laissait aller ... une triste léthargie. L'inspiration le fuyant, il en déduisait que la poésie avait décidé, elle aussi, de déserter son cœur aride. Il ressassait son désarroi ainsi que l'échec de l'alchimie, malgré les chants fervents et les prières sincères. À présent, la vision du songe n'était plus qu'un antique souvenir.

-7-

Theo avait passé ces deux derniers mois dans sa retraite du Philistrath (*petite province encastrée au sud-ouest du territoire*), une thébaïde ensoleillée où elle s'emplissait instinctivement d'une bénéfique lumière. Elle ne savait pas qu'elle ravivait ainsi son âme fragilisée par la coupure d'avec la sublime source, l'empêchant donc de s'étioler. De même, elle n'avait pas conscience d'avoir été induite par une force surnaturelle à prendre la direction de cette province dédaignée par les habitants et à se faire une demeure en ce lieu où nul ne viendrait l'importuner. Le climat caniculaire était la cause de la désertion par les kuriahnz (*habitants de Kûrhasm*) de cette minuscule région. Ceux-ci avaient choisi de s'établir, plutôt, sur des terres plus accueillantes et permettant les travaux agricoles, telles que les cultures de l'asin, du zeina, de l'orghë, du gravhein, de l'ilz (*quelques céréales cultivées sur Kûrhasm*), notamment, des plantations de nuck, ömiock, xëris ou lomanth (*noms de quelques espèces d'arbres*) ainsi que d'autres et multiples activités. Chaque jour, elle se rendait dans un jardin libre[16] du Grëmanganath (*voir cette province dans l'addenda*) – à l'heure qu'elle pressentait comme étant la plus tranquille – pour y cueillir des fruits de toutes sortes ; une nourriture qui correspondait idéalement à sa nature. Sa prédilection n'allant pas à la consommation de la chair animale, elle n'en viendrait guère à chasser ou à pêcher. Elle trouverait même terriblement cruel de tuer des animaux, fût-ce pour survivre ; vu que son être la portait à aimer sans restriction.

Elle ne souffrait pas de cette vie de sauvageonne et foncièrement érémitique, ignorant qu'elle ne disposait que d'un libre arbitre relatif, que ses faits et gestes étaient guidés par

---

[16] Des jardins, où poussaient d'excellents fruits, étaient mis à la libre disposition du public sur le territoire de Kûrhasm

Ciômaz (*père d'Iheo sur Ziowêa, le monde d'où elle vient*). Elle n'avait plus la moindre souvenance de Ziowêa, sauf un besoin inconscient de lumière et la résurgence spontanée d'impressions fugaces d'un autre monde. Elle continuait toutefois de s'interroger à propos de celui d'où elle venait tout en scrutant le thälabak (*bouclier d'eau*) au loin, c'est-à-dire jusqu'au cirkërathom (*barrière de la céleste vague*), une ligne d'horizon dont elle n'imaginait pas la mythique signification. Avait-elle échoué là par hasard ou bien suite à une opération de magie ? Elle s'en tenait à des questionnements fugitifs comme s'il ne fallait pas qu'elle en vînt encore à approfondir ce qu'elle était et le pourquoi de sa présence sur cette terre précisément. Ayant développé des dispositions, telles que le sacrifice ou l'abnégation, lors de vies antérieures, elle n'en viendrait pas à geindre sur sa condition actuelle, mais plutôt à montrer du stoïcisme. Elle devait à son âme divine l'inspiration de cette sagesse de comportement. De cette origine découlait aussi son port altier, une majesté exceptionnelle qui ne manquerait pas de séduire le Kzâhr si leurs routes en arrivaient à se croiser. Tous deux paraissaient graviter au sein de deux dimensions éloignées, quoique leurs âmes n'étaient guère en réalité aux antipodes l'une de l'autre. Ce fait tendait à confirmer la prescience de Xanghôr par l'entremise de sa vision au fond d'un rêve. Confinés dans leur monde respectif, leurs chemins divergeaient ... mais en apparence seulement.

Allongée sur un rocher, elle contemplait le ciel dans les astérismes duquel elle se figurait un autre univers. Il s'agissait de celui qu'elle portait en elle, mais qu'un voile subtil rendait inaccessible. Tout ce qui brillait, luisait, émanait ou contenait de la lumière la subjuguait : le nimbe du soleil levant, une délicate nébuleuse, des moires sur l'eau alors que le soleil amorce sa descente, une luminance sélénienne, un scintillant ondoiement lors des premiers rayons, l'aspect micacé de certaines roches, les bluettes dans les vagues avant le crépuscule, les lueurs de l'aurore,

… inconsciente de ce que ces beautés lumineuses extasiaient le regard de son être.

Quand elle ne voyageait pas au-dessus de Kûrhasm, elle passait son temps à se délecter des beautés de la Nature tout en humant les odoriférants effluves ou en écoutant la multiplicité des sons, compte tenu qu'elle en voyait l'essence et en sentait les fragrances les plus ténues. Elle parvenait même à discerner les imperceptibles mélodies du silence.

Un jour, le ciel pommelé se couvrit peu à peu de cumulonimbus et une pluie dense se mit soudain à tomber. Les éclairs – impressionnants zigzags sur la coupole anthracite – et les violents coups de tonnerre effrayèrent Iheo qui s'accrocha au cou de Zhöj. Découvrant, comme elle, ce caprice climatique, celui-ci poussa de longs hennissements apeurés. L'orage finit par s'assagir et les grondements, semblables à des roulements de tambours, par s'éloigner. Elle se plut alors à tournoyer en chantant sous la pluie ; puis elle s'émerveilla du retour de la splendide lumière du soleil dans le ciel d'un beau bleu d'azur. Pendant que sa robe séchait sur un rocher, elle partit baguenauder en costume d'Imhë[17] sur la plage d'eskhan (*voir la carte du Philistrath dans l'addenda*). Elle ignorait que sa peau d'un brun cuivré, et ses cheveux très blonds la différenciaient des autochtones, puisqu'elle n'en avait encore rencontré aucun au cours de ses chevauchées endiablées. À dos de Zhöj, elle ressemblait en effet à un être céleste montant Azolhis (*cheval mythique*).

Lors de la cueillette quotidienne dans son jardin de prédilection du Grëmanganath (province proche du Philistrath, voir la carte), son attention ne manqua pas d'être attirée par les

---

[17] Imhë représentait la première création féminine sur Kûrhasm et le symbole de la nudité féminine

frêles gémissements d'un être en détresse. Son âme servante de la Lumière l'induisit à se porter au secours de cette autre en souffrance. Suivant le son de ces pleurs, elle aboutit à un hallier derrière lequel elle aperçut une enfant qui se tenait la cheville gauche. Le visage grimaçant de la fillette bouleversa son cœur. Se prenant instantanément d'amour pour cette dernière, elle l'approcha donc avec calme tout en s'étonnant des yeux exorbités de l'enfant. Elle n'imaginait pas que celle-ci voyait en elle un personnage bizarroïde, voire une de ces représentations mythiques – arüniat, viurhi ou vuka (*représentations mythiques et effrayantes*) – avec lesquelles les conteurs pimentaient leurs histoires. Soudain, la fillette poussa un long cri aigu qui faillit lui déchirer les tympans. Iheo posa avec délicatesse son index sur les lèvres de celle-ci qui se tût sur-le-champ, mais en continuant de la fixer de son regard hébété. Puis elle passa sa main le long de la fine jambe à la peau bleutée et s'arrêta sur la cheville malade, guidée par la chaleur qui s'en dégageait. Tout en inspirant une grande bouffée d'air, elle l'entoura de ses deux mains et ferma les yeux pour se concentrer avec force. L'opération terminée, elle les rouvrit et regarda l'enfant qui s'émerveilla de cette prompte guérison. Vu qu'elle s'exprimait dans une langue très éloignée de celle parlée sur Kûrhasm, dont Ciômaz (*le père d'Iheo sur Ziowêa*) avait insufflé son esprit lors de sa manifestation, elle saisissait mal ce que sa jeune interlocutrice tentait de lui dire. Aussi eut-elle l'idée d'une communication par signes. La petite fille toucha sa peau, caressa sa longue chevelure bouclée, voulut voir dans ses yeux pers l'univers de son âme en riant aux éclats. Une joie candide qui la troubla profondément.

- Antamyâ, lança l'enfant en se tapotant la poitrine.
- An-ta-myâ, dit à nouveau cette dernière en scandant les syllabes.
- Kil-hin-drâ, répondit Iheo en hachant de même la prononciation. Un nom qu'elle venait d'entendre au fond de son oreille.
- Kil ... hésita la fillette.

- Kil-hin, redit Iheo.
- Kilhin, dit Antamyâ.
- drâ. Kilhindrâ.
- Kilhindrâ, Kilhindrâ, Kilhindrâ, s'amusa l'enfant avec un large sourire.
- Antamyâ, répéta parfaitement Iheo qui avait aisément enregistré le son de ce nom.

À travers les quelques phrases prononcées par celle-ci, elle avait en outre repéré certaines sonorités de ce langage très particulier. Quand vint l'heure de la séparation, l'enfant l'embrassa sur la joue. Elle lui rendit son baiser en la serrant tendrement dans ses bras, puis elle héla son cheval qui arriva aussitôt en trottinant élégamment. Magnifique amazone juchée sur son superbe pur-sang, elle salua une dernière fois Antamyâ. Selon son habitude, Zhöj fit une franche pesade ... sa façon à lui de prendre de l'élan avant l'envol. Il variait les chemins, choisissait ceux que nul ne connaissait, tantôt galopant dans une nuée, tantôt fulgurant. Cherchait-il à protéger la divinité d'Iheo (*devenue désormais Kilhindrâ*) ou se conformait-il à une instruction occulte ? Il semblait aussi qu'il la transportait entre rêve et réalité, afin qu'elle ne s'ennuyât pas de son univers Ziowêaen (*de Ziowêa*), qu'elle ne s'attristât pas de cette vie, apparemment inutile, au fond du désertique Philistrath.

Antamyâ retourna chez elle en sautillant, tel un jeune yörinis (*race d'un cheval de petite taille, genre de poney*), et en répétant « Kilhindrâ, Kilhindrâ, Kilhindrâ » comme pour s'en imprégner.

-8-

- Eld Zhiaki, dyaz Eltidhi rhis Niëvor (*traduction : Votre Seigneurie, Son Excellence le rhis*) souhaiterait vous faire une communication importante.

Le premier serviteur Tastham s'était risqué à sortir le Kzâhr de sa rêverie et à contrevenir à des consignes, pourtant, formelles.

- Ne t'avais-je pas expressément exhorté à ne me déranger sous aucun prétexte ? Fais savoir au rhis que je ne suis pas disposé à le recevoir … non, dis-lui plutôt que je suis souffrant.
- Vous êtes souffrant, Zyâr ? Voulez-vous …
- Mais non, voyons, c'est juste une excuse.
- Ah, tant mieux, Zyâr ! Concernant dyaz rhis (*monsieur le rhis*), il m'a dit de vous préciser que cette annonce est celle que vous attendez.
- Que suis-je censé attendre et pourquoi ruse-t-il de la sorte ?

Le domestique ne savait que répondre.

« Que me faut-il à tout prix entendre ? », marmonna-t-il.
- Bon, voyons alors cette information exceptionnelle ! Dit-il à Tastham.
- Cela signifie que vous acceptez de le recevoir, Kagîz ? S'enquit prudemment le serviteur, un meiriahn aux larges épaules, de taille moyenne et à la peau très noire.
- Évidemment, mon brave Tastham.

Le rhis arriva devant Xanghôr de son air un peu rogue, une façon d'être inhérente à sa personnalité d'himotiahn.
- Zheiry Niëvor, Si tu viens dans l'intention de m'entretenir d'une de tes banalités politiques, je t'engage à vaquer plutôt à tes occupations.

- Vous jugerez vous-même de l'importance de cette information, Kagîz.

- Allons, ne me fais point languir et donne-moi vite la teneur de cet élément crucial.

- Une enfant prétend avoir parlé à l'énigmatique créature qui n'est pas un signe des dieux finalement, mais soi-disant une cavalière aux cheveux de la couleur de l'or. Cela m'a été transmis, il y a un mois environ, par le Bakahn Manghät suite à un message du dudzi (*gouverneur*) du Grëmanganath, le Bakahn Rojhiv.

- Un mois, dis-tu ! Et tu ne m'en parles qu'aujourd'hui ! Ne t'avais-je pas engagé à me communiquer instamment tout fait nouveau sur cette affaire ?

- Eld Zhiaki, il m'a fallu procéder à une première vérification.

- Cette enfant est donc une grëmanganinha (*habitante de la province du Grëmanganath*).

- Oui, Zyâr, mais ...

- Ordonne sur-le-champ l'envoi d'un vehran (*voiture fermée tirée par un cheval ou, parfois, deux*) avec un cocher, bien sûr, et que l'on me ramène ce précieux témoin. Fais graver une requête pour son père aux armoiries de l'Autorité. Certes ... il s'agit d'un long déplacement.

- Zyâr, dès que j'ai eu cette information, j'ai enjoint le Bakahn Rojhiv d'organiser la venue de l'enfant qui est à présent au Palais.

- Eh bien, dyaz rhis, que ne m'as-tu annoncé en premier ce détail ! Indique à Tastham où il pourra la trouver.

- Elle est tout près, Kagîz.

- Par Kâmios (*Grand Dieu*), que de temps perdu ! Alors, fais-la entrer !

Quelques instants plus tard, une petite fille entra dans le grand salon des appartements du Kzâhr, visiblement impressionnée par le faste alentour ainsi que par cette confrontation avec le souverain en personne.

- Approche, n'aie pas peur. Ai-je l'air si terrible ! Lança-t-il d'une voix aimable. Comment t'appelles-tu, mon petit ?
- Je suis … euh … je suis …
- Très honorée Kagîz, lui souffla Niëvor.
- Très honorée Kagîz et … et je m'appelle Antamyâ, répondit-elle de sa voix fluette tout en faisant la révérence qu'on lui avait apprise.
- Je te félicite pour cette gracieuse révérence, Antamyâ. À présent, tu sais te tenir avec noblesse devant le Kzâhr, dit-il en souriant.
- Quel âge as-tu, mon enfant ?
- J'ai six ans … euh … Kagîz.
- Dyaz rhis, tu peux retourner à tes affaires maintenant.

Dès que Niëvor et le premier serviteur eurent quitté la pièce, il fit s'asseoir l'enfant près de lui. Observant sa peau bleutée, ses cheveux d'un beau roux et ses yeux très verts sur une cornée jaune clair, il s'enquit :
- Ainsi, tu habites le Grëmanganath.
- Oui … euh, oui, Kagîz.
- Où exactement ?
- Euh … Syklath.
- Que fait ton papa comme travail ?
- Je sais pas.

Il projetait de faire procéder à une enquête, afin de contrôler si son père occupait une charge de miotiahn[18].
- Antamyâ, est-il exact que tu as vu une femme aux cheveux dorés ? Demanda-t-il d'une voix calme et douce.

Elle acquiesça en opinant de la tête.
- Allons, ne crains pas, ma chérie. Dis-moi ce que tu as vu et comment cette chose est arrivée.

---

[18] Les hommes de race miothy (1ère race) devaient occuper des charges à la hauteur de leur rang au sein d'une province

- Je pleurais parce que je m'étais fait mal et la dame est arrivée. J'ai eu très peur et j'ai crié.
- Pourquoi as-tu crié ?
- Parce qu'elle était pas comme moi.
- Qu'avait-elle de si différent, Antamyâ ?
- Elle avait pas la figure bleue.
- Je suppose qu'elle ne l'avait pas noire.

La fillette remua la tête en signe de dénégation.
- Avait-elle la peau de cette couleur ? S'informa-t-il en montrant un tissu blanc.
- Non, plus foncée.
- Comme ceci alors ? Chercha-t-il à savoir en présentant un tissu mordoré.
- Non, moins foncée et avec du rouge.
- Du rouge ? Tu veux dire qu'elle était légèrement cuivrée ?
- Peut-être. Je sais pas.
- Bien, ce n'est pas grave.

Cela le renvoya à la vision du mostjen (*occultiste*). Toutefois, une envoyée des dieux sur Kûrhasm de race mëzinha (*individus à la peau basanée, disparus de Kûrhasm*) avec une peau merankhypris (*peau basanée cuivrée*) lui sembla illogique.
- Donc, elle est arrivée devant toi et ensuite ?
- Elle m'a touché ma jambe et elle m'a serré longtemps avec ses mains … là (posant son petit index sur sa cheville). Le mal est parti tout seul. Elle avait aussi des cheveux et des yeux pas comme nous.
- Tu peux me dire comment étaient ses yeux ?

Il partit chercher une cassette dans un meuble.
- Tiens, voici une série de pierres. Montre-moi celle qui est la plus ressemblante.

Antamyâ désigna un dizöm (*pierre précieuse semblable à l'aigue-marine*).
- Comme ça, je crois, dit-elle.

- Bien ! Quant aux cheveux, ils devaient être approximativement de cette couleur, précisa-t-il en prenant un eizhiseriux (*sorte de béryl doré*).
- Euh ... oui.
- Est-ce qu'elle t'a parlé ?
- Elle parle pas comme nous. Alors, elle m'a montré avec ses mains et moi aussi. Mais je sais comment elle s'appelle.
- Ah, intéressant ! S'exclama Xanghôr. Et comment l'as-tu su ?
- Je sais pas, mais elle m'a dit comment elle s'appelle et moi aussi.
- Bon, admettons. Quel est son nom ?
- Euh ... Kilhin ... euh ... Kilhin ... drâ ... oui, Kilhindrâ.
- Kilhindrâ, répéta-t-il en se disant qu'elle ne pouvait avoir inventé un nom pareil.
- Oui, répondit-elle simplement.
- As-tu vu autre chose ?
- Elle a crié et un cheval est arrivé.
- Ah voyons ! Comment était-il ce cheval ?
- C'était un grand cheval blanc et qui courait très, très vite.
- Un cheval blanc, répéta-t-il, l'air songeur. Tu en es sûre ?
- Oui ... euh, oui, Kagîz.
- Une dernière chose. Te souviens-tu comment elle était habillée ?
- Elle avait une robe blanche.
- Je te remercie, Antamyâ.

Il actionna un gong et le deuxième serviteur accourut.
- Klephir, va donc chercher le Zheiry Niëvor, je te prie.
- Tout de suite, Eld Zhiaki.
- Avais-tu déjà fait un aussi long voyage avant celui-ci ? Demanda-t-il à la fillette.
- Non.
- Comment s'appelle ton papa, Antamyâ ?
- Jevham.
- Bien, et ta maman ?

- Lodhebë.
Le serviteur frappa discrètement à la porte et entra directement comme il était d'usage pour un domestique de son rang.
- Zyâr, Son Excellence le rhis Nïëvor est arrivé.
- Qu'il entre.
Celui-ci pénétra dans le salon en arborant son air invariablement hautain, resta à une distance convenable et salua avec respect.
- Je suis à votre disposition, Kagîz, dit-il.
- Zheiry Nïëvor, occupe-toi de faire couvrir de cadeaux notre Antamyâ ainsi que ses parents. Puis octroie-lui un vehran (*voiture tirée par un cheval ou, parfois, deux*) et un cocher pour son retour dans le Grëmanganath.
- Il en sera fait ainsi. Paix en vous, Grand Kzâhr.
- Paix en toi, dyaz rhis.
- Tu as la permission d'embrasser le Kzâhr, ma belle Antamyâ.
Tandis qu'elle s'exécutait, il lui glissa à l'oreille :
- Tu es vraiment très jolie, ma chérie.

À nouveau seul, Xanghôr repensa au témoignage d'Antamyâ et correspondant aux visions, plutôt fantasques, des uns et des autres : une femme aux cheveux dorés, vêtue de blanc et chevauchant sur un étalon blanc. Cette présence d'une personne au physique extraordinaire dans le kurazium (*territoire de Kûrhasm*) le renvoyait à l'histoire gravée sur les terkhalkum sacrés (*ce peuple écrivait en gravant sur des tablettes d'argile*), lesquels relataient : « Au commencement de ce monde le dieu Mios créa une race d'individus à la peau claire qu'il nomma ryziak ; puis le Haut Kâmios, après la destruction de l'univers et sa recréation, conçut un groupe de mëzinhaz (*race à la peau basanée, disparue*) – une émanation de la race noire éliminée par le dieu Mios – pour que de leur accouplement avec des miotiahnz (*race à la peau bleutée, 1ère race*) naquît la race himothy (*race à la peau gris bleutée, 2ème race*) ».

Seul le Dieu au-dessus de tous les dieux pourrait donc décider d'envoyer une femme à la peau merankhypris (*peau basanée cuivrée*) sur Kûrhasm. Son rêve où une créature lui était apparue parée d'une sublime lumière avait-il servi à l'avertir de la venue d'un être exceptionnel en ce monde ? Il se remémora la vision de Prophys d'une femme couronnée avec la peau très claire. Une prédiction qui ne correspondait pas, cependant, à l'étrange Kilhindrâ rencontrée par Antamyâ et qui paraissait posséder des dons de guérisseuse. Bien que dissemblables, ces indications avaient pour objet apparemment de le prévenir ? Certes, il avait parcouru les chemins autour du Tëtrys pendant deux mois sans assister à quoi que ce soit.

En s'efforçant de visualiser mentalement la femme vue par Antamyâ, il relança sa quête ainsi qu'un bel enthousiasme en son cœur.

« Créature d'un monde fantastique,
Passant telle une fulguration,
Une manifestation des dieux,
Ou comme une mythique cavalière,
Une singulière apparition,
Fusant soudain hors d'une fable.

Pareille au vent, insaisissable,
Sur ton cheval immaculé,
Tu apparais et disparais,
Dans l'espace semble voler,
T'ingéniant à nous narguer.

Quel dessein t'a poussée vers Kûrhasm ?
Espères-tu y trouver le nighüm (*source miraculeuse*) ?
Et te nourrir de son nectar ?
Mon chant aurait-il ému ton cœur ?
T'aurait-il incitée à partir en quête

De cette promesse de bonheur
Qu'à une lumière aperçue dans un rêve
Je fais sans cesse avec ferveur ?
Si mon espérance a éveillé
En ton âme la passion d'aimer,
Sache que la mienne cèle un puits d'amour,
Qu'elle est une intarissable source
Qui n'attend que de te désaltérer ».

-9-

L'envie de provoquer le destin hantait dorénavant la pensée de Xanghôr. La vision de Prophys d'une demi-déesse à la peau claire obsédait de même cette dernière. Kâmios avait-il fait le prodige d'une créature hors du commun sur Kûrhasm avec le projet de les pousser l'un vers l'autre et attendait-il que Xanghôr fît sa part du chemin avant de l'édifier ? Or il ne savait rien d'elle, sauf ce qu'Antamyâ lui avait rapporté. Il ne l'imaginait pas vivant aux environs de Syklath, à l'instar de cette dernière, et chevauchant dans les airs depuis ce lieu. Par conséquent, il ne comptait pas traverser cet univers pour en faire le constat, puis revenir le cœur désenchanté et avec l'envie de fuir à nouveau ce monde. Il n'en viendrait pas, non plus, à ordonner aux dudziz (*gouverneurs*) de faire rechercher par leurs solprastiz (*gardes provinciales*) toute personne différente des kurhinaz (*habitantes de Kûrhasm*). De telles manières tudesques amèneraient cette Kilhindrâ à se terrer et à retourner ensuite dans son sublime empyrée. Il eut plutôt l'idée de l'affrioler, voire de l'inciter à voler vers lui par le biais d'une tendre poésie.

« Ton cœur ne pourra guère empêcher
Le dessein noué avec un fil infrangible.
Entends ce désir auquel le mien aspire,
Quoiqu'il s'agisse d'un espoir déclinant !
Que ne viens-tu y raviver la flamme
Avant qu'il n'ait l'air d'un sombre vide.

Certes, fût-ce un amour béni par le ciel,
Il ne saurait rester dans les limbes.
Blanche lumière semblable à un éclair,
D'une toison héliodore joliment ornée,
Qui s'ingénie à vivre dissimulée.

Que poursuis-tu ainsi dans les airs ?
Cherches-tu frénétiquement ce bonheur
Que ton dieu t'a promis sur Kûrhasm ?
Ah, mais ce n'est point œuvre fantasque !
Suis plutôt l'écho de ce doux chant,
Et tu remonteras vers un Kzâhr aimant ».

Il louait Anthënôa, déesse de la pensée et des arts, pour la grâce de cette inspiration prolifique en espérant qu'Olfan (*dieu des airs*) porterait ce poème d'amour vers l'élue de son destin. Il s'exerça à renforcer l'image de cette merankhypris (*peau basanée cuivrée*) qu'Antamyâ prétendait avoir rencontrée, à savoir une femme à la peau brune cuivrée, au regard couleur de l'aigue-marine, à la chevelure dorée et probablement opulente. De même, il l'imaginait grande et svelte. Il n'avait pas conscience d'être inspiré par une intelligence invisible, ni d'être un humble serviteur accomplissant le dessein hautement tracé.

Flanqué de sa zahrasti, il partit chevaucher dans la vallée d'Eziühl et le long de la plaine de Stalt, puis il marcha sur les bords de l'Erhavy, un fleuve plutôt torrentueux, tout en ressassant le dernier poème. Il effectuait cette déclamation avec une foi profonde et en cherchant à émouvoir l'âme de la mystérieuse femme à la peau d'une octavonne cuivrée. Il chanta également l'ancienne ritournelle composée pour celle aperçue en rêve et adressée ensuite à l'anonyme lumière, soi-disant casquée d'or et censée parcourir le ciel sur un cheval volant. La souvenance de son voyage autour du Tëtrys, à la poursuite de celle-ci, ne suscitait plus la moindre nostalgie. En effet, son cœur était totalement tourné vers cette Kilhindrâ ... un nom qui tendait en outre à la particulariser.

Chaque jour, il fredonnait le plus souvent possible :

« Ne rejette pas ma prière,

Femme cachée dans mon rêve !
Inonde-moi de ta lumière,
Beauté du firmament !
Dans ton royaume élève
Mon frêle cœur soupirant.
D'un peuple, tu seras Kzâhrah,
Et moi, ton féal servant.
Entends l'écho de ma prière,
Il est celui d'un amour ardent ! ».

-10-

Xanghôr avait derechef rêvé de la femme parée d'une robe de lumière, mais avec une chevelure coruscante et un beau regard smaragdin cette fois. Une image étrange et magique qui affermissait son désir de rechercher l'arlésienne au nom si singulier de Kilhindrâ. Sa voix intérieure lui soufflait que cette femme, apparemment fantasque, était celle que son cœur attendait. Il peaufina donc le physique rapporté par Antamyâ jusqu'à le faire devenir une réalité vivante dans sa pensée.

Au terme d'un travail mental intense, il éprouva le désir irrépressible de provoquer l'avènement de cette rencontre exceptionnelle. Néanmoins, le souvenir de sa précédente désillusion se plaisait régulièrement à remonter du fond de sa mémoire et à fragiliser sa détermination par la mise en exergue de l'absurdité, voire de la dangerosité de cette quête. Il craignit soudain que cette Kilhindrâ ne fût qu'une abstraction dont l'existence tenait au témoignage d'une enfant, probablement très imaginative.

Trois jours durant, sa raison et son cœur s'affrontèrent ; puis, brusquement et comme insufflée par un haut esprit, sa pensée s'éclaira. Sachant donc ce qu'il devait faire, il conçut un nouveau chant avec l'intention d'en répandre la substance jusqu'aux confins de Kûrhasm. Il le baptisa : « L'appel de l'âme destinée ».

« Kilhindrâ, entends l'appel
De l'âme à la tienne nouée !
Puisse-t-il réveiller le destin
Dont celle-ci porte le dessein !
Que puissamment il résonne

Et t'incite à faire le chemin
Vers mon cœur moribond !
Au faîte du Moragh, je déclame
Ces vers, telle une lame
Fendant les horizons.

Que la vibration de ton nom :
Kilhindrâ, Kilhindrâ !
Pareil à un flot qui déferle,
Ébranle et transporte ton âme !
Kilhindrâ, Kilhindrâ !
Vers celle dont cette passion émane.
Kilhindrâ, Kilhindrâ ! ».

Comme la fois précédente, il guida son compositeur favori – le très talentueux Sardhit – qui écrivit une musique sans rien connaître du texte. La mélodie idéale atteinte, il loua sa valeur et conscient que nul autre que lui ne réussirait ce difficile exercice avec autant de brio. Il était prêt à envoyer ce chant à Kilhindrâ, un moment crucial qu'il devait rendre à tout prix fantastique ... explosif même.

Xanghôr quitta Vighêz aux premières lueurs de l'aube, n'ayant pu empêcher le ciapiriat Rëhmiog de l'accompagner avec une zahrasti (*garde personnelle*) réduite à quatre hommes. Il l'avait cependant enjoint à la plus grande discrétion. Que la Cour critiquât ce départ soudain – et au mépris, surtout, de la coutume exigeant que tout déplacement du Kzâhr fût rendu public – ne le tracassait guère. Ayant troqué son habit de monarque contre celui du soldat en mission, il obéissait en définitive à une force suprahumaine et possédant, par conséquent, un indicible charisme. Dès lors, nul ni rien ne pourrait l'empêcher de mener à bien son projet. Il chevaucha d'abord à bride abattue – ressemblant à un cavalier poursuivi par une armée de spectres –, puis il alla bon train vers le mont Hogharis (*situé dans la province du*

Volongoth, voir la carte dans l'addenda). Un voyage de sept jours au cours duquel il avait imposé à sa garde de n'effectuer que les haltes indispensables.

Rëhmiog et ses hommes stationnèrent à la lisière nord de la forêt de Pighîz et Xanghôr partit dans la montagne par un chemin étroit et caillouteux qui prit la forme, ensuite, d'un sentier longeant de dangereux à-pics. Fort de son physique athlétique, il put réussir avec brio la dernière partie de cette ascension ... pareille à un exercice de varappe. Il se demanda cependant s'il n'aurait pas dû clamer plutôt son chant au plus haut des rocheuses de Rhitsh. Ainsi l'haguiz (*vent chaud et sec*) aurait porté celui-ci au fin fond du désert de Kaspalyë et, via les Cieux, du nord au sud de Kûrhasm.

Perché sur le sommet de ce mont de mille sept cent vingt-neuf mètres surplombant les magnifiques vallées de cette partie du Cëldys, il avait l'air d'un ciron sur un rocher. Le corps parfaitement droit, et le visage tourné vers le ciel, il se concentra un moment et chanta « l'appel de l'âme destinée ». Son cœur lui soufflait la mélodie ainsi que les paroles que sa voix s'efforçait de projeter dans l'espace, afin que le gristhal (*vent fort et froid*) – les sensations se situant en ce mois juldö (*un des deux mois les plus froids de l'année*) au degré deux (*10 à 12° Celsius*) – l'amenât vers le nord du continent. De là, Fönh (*dieu des vents*) se chargerait de le répandre, du moins l'espérait-il, vers les autres points cardinaux.

« Au faîte de l'Hogharis, je déclame
Ces vers, telle une lame
Fendant les horizons.
Que la vibration de ton nom :
Kilhindrâ â â â â â â â â !

Il canalisait son énergie sur le nom de cette femme avec le candide espoir que tout Kûrhasm en recevrait l'écho. Ainsi

L'œuvre subtile

chaque Kilhindrâ devenait une véritable performance vocale tant il prolongeait le son à l'extrême … jusqu'à la limite du souffle même. Il redescendit de la montagne, épuisé, avec l'intuition que cet exercice l'avait simplement aguerri à la façon de lancer cet appel. Il s'y était entraîné à l'intonation juste et à explorer ses propres capacités pour les exploiter au mieux lors de l'opération finale. Cette préparation laissait donc augurer d'une œuvre apothéotique propre à produire l'événement escompté. Rëhmiog le considéra avec un regard interrogateur, bien qu'il n'osât le questionner au sujet de cette pathétique voix renvoyée par le ciel. Celui-ci n'aurait pu comprendre la recherche de son cher souverain. Le Kzâhr indiqua la nouvelle direction au ciapiriat, puis, à dos de son fringant ëpalzhi, il obligea derechef sa zahrasti à se dépasser ; sauf que le meiriahn Rëhmiog (*2,32 m, 148 kg, une exception de sa race*) était une force de la nature et les autres gardes de rudes gaillards tout spécialement sélectionnés par lui. Après une éreintante chevauchée de onze jours, ils arrivèrent en Phrangys où Xanghôr décida de passer la nuit à la belle étoile. Allongé dans un des champs longeant l'impétueux Louclam (*voir ce fleuve sur la carte dans l'addenda*), et malgré la température froide du mois ayanis (*un des deux mois de la saison la plus froide*), il se mit à rêvasser tout en contemplant la voûte constellée de points lumineux ; une myriade de bluettes dont il s'étonnait que certaines scintillassent plus vivement que d'autres. Fasciné par l'énigmatique univers au-delà, une immensurable profondeur néantisant peut-être l'âme, il glissa progressivement – bercé par un murmure semblable au chuchotement argentin de la rivière – dans celle toute aussi ésotérique de son subconscient.

Quand il se réveilla, la frêle lumière aurorale brillantait l'eau inlassablement fougueuse du fleuve, tandis que le färk (*nom d'un vent moyen et froid*) fleurait l'odeur agreste de l'herbe baignée d'aiguail. Les gardes étaient allés cueillir dans un jardin libre des ghunanx, likutz, phizohaz, thërix, hexaghoz (*quelques-uns des très nombreux fruits qui poussaient sur Kûrhasm*), une collation que de petits fromages, des pains ronds et le délicieux ainsi que très énergétique lait de nuckox (*noix dont ils extraient un lait*) vinrent agrémenter. Depuis le départ de Vighêz, il partageait en toute humilité ses frugaux repas avec sa zahrasti, même si celle-ci se tenait à l'écart ; car le ciapiriat (*commandant*) souhaitait préserver la haute condition de son cher souverain. S'étant ensuite aspergé le visage et le corps avec l'eau glacée du Louclam, il se mit en route. L'esprit gaillard, il était pressé de réaliser ce à quoi il se sentait induit. Confiant sa monture à Rëhmiog, il entreprit ensuite la montée du Moragh (*voir ce lieu sur la carte dans l'addenda*) – une imposante montagne mesurant trois mille deux cents mètres – par un sentier modérément pentu. Après une longue marche, il aborda une partie plus accidentée et annonciatrice d'une dangereuse escalade. Certes, la montée de l'Hogharis l'avait préparé à ce nouveau et périlleux exercice. Il avait le sentiment de gravir un sommet symbolique pour y invoquer le Dieu Kâmios de lui ouvrir la porte du firmament, en vue d'une merveilleuse effusion.

Debout, sur le plat exigu de la cime, sa tête semblait raser le ciel. Un phygraz[19] passa à plusieurs reprises, planant majestueusement, comme s'il attendait de porter son appel au plus haut. Une haute intelligence avait-elle subtilement arrangé ce moment, afin qu'il fût prodigieux ? Les yeux clos, il attendit que les rimes et la mélodie s'ordonnassent dans sa pensée.

Quand le premier son jaillit de sa gorge, tel un prompt geyser, il fut surpris d'entendre une autre voix que la sienne. N'était-il qu'un instrument au service d'une puissance divine ? Cette intercession propre à donner à son appel la forme d'une incantation surnaturelle le comblait.

« Kilhindrâ, entends l'appel

---

[19] Oiseau de taille moyenne, volant très haut et vivant dans les hauteurs

> De l'âme à la tienne nouée !
> Puisse-t-il réveiller le destin
> Dont celle-ci porte le dessein !
> Que puissamment il résonne
> Et t'incite à faire le chemin
> Vers mon cœur moribond !

Une première partie du chant qui ressemblait à un roulement de tambour, à une phase annonciatrice d'un avènement. Il admirait la perfection de l'arrangement.

> Au faîte du Moragh, je déclame
> Ces vers, telle une lame
> Fendant les horizons.
> Que la vibration de ton nom :
> Kilhindrâ â â â â â â â â !

Après une montée crescendo du ton, il chanta à pleins poumons vers les quatre points cardinaux de Kûrhasm. Semblable à un long coup de tonnerre, cette vocalise vibra dans l'atmosphère et provoqua une secousse tellurique.

> Pareil à un flot qui déferle,
> Ébranle et transporte ton âme !

Cette partie du chant servit à nouveau d'intermède pour que s'opérât une sorte d'alchimie au tréfonds de lui.

> Kilhindrâ â â â â â â â â !

Cette fois, le son pénétra l'île en son noyau et rejaillit avec intensité comme recraché en l'air par une multitude de volcans.

> Vers celle dont cette passion émane.

Il prononça ce vers à pleine voix et en tournant sur lui-même, de façon à le propager au-delà du cirkërathom (*barrière de la céleste vague*).

Kilhindrâ â â â â â â â â â â â â â !

Il escomptait que ce cri résonnerait dans le ciel, puis au sein du firmament ... pareillement à mille buxhiz (*sorte de trompette au son aigu*).

Ce qui eut lieu d'une manière magique. En redescendant sur Kûrhasm, telle la tunghä (*vent semblable au cyclone*), l'écho balaya l'île ainsi que le thälabak (*bouclier d'eau*). Délicates fleurettes, animalcules, poissons de la profondeur hadale, molécules d'air furent viscéralement ébranlés par l'effrayante vibration de cet ultime Kilhindrâ qui apeura de même les miotiahnz, les himotiahnz, les meiriahnz, lesquels eurent l'impression que la colère du Haut Kâmios frappait l'univers. Désormais, le monde du Nëbrenz[20] connaissait ce nom dont l'onde avait circulé par-delà l'infini. Si la passion de Xanghôr avait empli l'espace, elle n'avait point encore ouvert la porte de l'extraordinaire. Aussi, se sentit-il induit à chanter trois Kilhindrâ supplémentaires et d'une voix surhumaine. Transcendé par le sensationnel de l'œuvre, son regard traversa une sorte de voile et accéda à la vision d'une femme vêtue de blanc. Sa chevelure dorée, semblable à une lumineuse aura, et sa peau basanée légèrement cuivrée n'étaient point comparables à celles des quarteronnes du krönhystrum (*mémoire de Kûrhasm*). Juchée sur un magnifique étalon à la robe couleur de la neige, elle planta ses yeux clairs dans les siens. Certes, leurs deux âmes connaissaient la raison de ces retrouvailles.

---

[20] L'Obscur au-delà de la barrière de la céleste vague que les habitants imaginaient peuplé de monstres, démons et autres affreux spectres

Chapitre 5

La préparation occulte

-1-

Iheo avait entendu ce chant via son ouïe intérieure, celle-ci étant fortement développée chez elle. Aussi avait-elle perçu le pathétisme de ce cri. Telle une flèche, l'appel de son nouveau nom l'avait donc atteinte en plein cœur ; une déchirante et bouleversante vibration qui avait paru jaillir de l'univers caché au-delà du cirkërathom (*barrière de la céleste vague*). Heureusement, sa crainte se trouvait apaisée par sa capacité à déceler en celle-ci un émotionnant désir d'amour ; vu qu'elle avait cru, tout d'abord, qu'une puissance démoniaque hurlait ce nom avec le dessein de liguer toutes les forces mauvaises contre elle. (*Son âme n'ignorait guère toutefois que l'ordre des destinées était la prérogative de Ciômaz*[21]. Tandis que la femme s'émouvait de cet appel chanté par une voix d'homme, l'être divin en elle, et empli d'amour, ressentait l'instante envie de voler dans l'écho vibrant de ce Kilhindrâ vers cette âme tourmentée. Non éveillée encore à sa mission ici-bas, elle était l'objet d'un fort tiraillement intérieur.

La désarçonnant tout à coup, son fidèle compagnon s'enfuit ou, plutôt, s'envola dans les hauteurs au sein d'une nuée lumineuse. Était-ce l'indication qu'il lui fallait abandonner cette idée ? Piteusement affalée, elle pleura longuement, un peu de n'avoir pu aller vers cette espérance et, surtout, à cause de la perte de son complément. Astreinte désormais à une existence ordinaire dans ce désertique Philistrath, elle tomba dans l'aboulie. Elle estimait néanmoins insensé de partir à l'aventure sur les

---

[21] Au fond de la mémoire de son âme sommeillait la souvenance du monde d'où Iheo, alias Kilhindrâ, venait et sur lequel présidait Ciômaz

routes de Kûrhasm, la carnation d'Antamyâ l'ayant éveillée à sa propre particularité physique. À coup sûr, le vif rejet des autochtones la plongerait dans un désarroi plus terrible encore. Privée de ses voyages intersidéraux, elle se laissa dépérir. Elle désirait quitter ce monde et renaître dans un autre, magnifié par une lumière intarissable. Il lui venait régulièrement une souvenance eidétique, des visions très fugitives qu'elle pensait être issues de son imaginaire.

Xanghôr descendit du Moragh, le visage transfiguré. La femme au sublime charisme, visionnée entre veille et sommeil, avait affermi cet idéal d'un amour insolite qu'il entretenait au fond de son cœur. Il avait l'impression que cette créature appartenait à un univers lointain, céleste même. Cela le renvoyait à son rêve d'une sorte de déesse se tenant derrière une paroi hyaline. Il restait confiant cependant en la portée de son appel, certain qu'une puissance divine avait agi pour que celui-ci prît un tour surnaturel. Il imagina donc que Kilhindrâ avait été intimement ébranlée, à l'instar des habitants de Kûrhasm, par la prodigieuse vibration de ce son. Dorénavant, elle savait qu'un homme la convoitait et qu'une âme, soutenue par les dieux, la désirait. Aussi s'attendait-il à la survenance impromptue d'un événement, un prolongement logique de cette mystérieuse orchestration. Certes, son invétéré idéalisme l'incitait à espérer sans cesse. Quant à sa voix intérieure, elle lui soufflait que cette Kilhindrâ était d'une nature imprévisible, voire insaisissable.

Iheo – alias Kilhindrâ – attendait désespérément le retour de Zhöj, guettant le ciel ou la moindre forme blanche au sein du paysage. Poussée à réagir, elle était retournée fréquemment dans le Grëmanganath ; car, par bonheur, Zhöj l'avait abandonnée à hauteur de la crique de Stägh, un lieu proche de cette région frontalière plus luxuriante que le Philistrath. Elle s'était donc résolue à rester sur cette terre avec l'espoir qu'un merveilleux enchantement finirait par arriver. Sous l'effet de la réverbération

La préparation occulte

de l'éclat de Phëliz (*dieu du jour*) à la surface de l'océan, il arrivait qu'elle hallucinât et aperçût un cheval galopant sur la crête des vagues.

Zhöj n'étant pas un animal ordinaire, elle l'estimait tout à fait capable de créer l'illusion. Elle revivait souvent en pensée ses acrobaties pour la distraire et la sortir de sa mélancolie ou les frénétiques chevauchées dans le Grëmanganath, l'Obëxan (*deux provinces de Kûrhasm, voir les cartes dans l'addenda*) ou très loin, même, de sa petite retraite. Elle n'avait jamais pu évaluer les distances, ce cheval préférant les voies d'Olfan (*dieu des airs*) aux chemins classiques de Kûrhasm. L'ayant fait chevaucher sans cesse, tel l'éclair à la lisière du ciel ou à l'image d'Azolhis (*cheval mythique ailé d'un blanc immaculé*), la population avait cru voir un mirage, une lueur fantastique ... étant donné la robe de Zhöj, la sienne, ses cheveux blond doré et la nuée rayonnante. Celui-ci avait-il fui à cause de son intention de rejoindre cet homme ? S'était-il plutôt effacé pour la laisser vivre sereinement cette idylle ? Ce départ l'avait éveillée sur la force du lien unissant, en réalité, leurs âmes.

Qu'un homme en vînt à l'appeler par ce nom dont elle avait reçu l'inspiration, il y a peu, l'interrogeait. Vivant à part dans ce monde, nul ne la connaissait pourtant ; sauf cette petite Antamyâ qu'elle avait soignée. Elle en vint donc à déduire que cette enfant s'était empressée de répandre la nouvelle de leur rencontre, puis qu'un habitant avait trouvé ludique d'avertir ainsi ses semblables de sa présence sur leur île. Son intuition lui suggérait néanmoins qu'il n'aurait pu réaliser cette prouesse sans une haute assistance. Elle s'étonnait de ce fort désir qu'elle ressentait de répondre à ce cri, n'ayant pas encore conscience qu'un murmure ténu commençait à l'initier, à lui souffler qu'elle ne s'était pas échouée fortuitement sur ce morceau de terre. Elle ignorait également que son élévation spirituelle constituait le véritable enjeu de cette existence.

-2-

X anghôr avait rejoint sa chère Anaphysis pour s'y retirer à Stiarâk (*palais ou château d'Hüzom près de Stiarak, voir la carte dans l'addenda*), laissant une fois de plus les clés du kzahrum (*de l'Autorité*) au rhis Niëvor (*vice-Kzâhr*). Si, d'ordinaire, les affaires de l'État n'avaient pas sa prédilection, sa pensée entièrement tournée vers Kilhindrâ l'aurait écarté, de toute façon, de sa responsabilité. La femme – entraperçue après l'appel en haut du Moragh –, était devenue désormais la passion de son être. Depuis Hüzom këlyum, il partait chevaucher vers la vallée de Kasphor, la petite côte Vulejax ou le lac d'Hukos (*voir ces lieux sur la carte dans l'addenda*). Il flânait aussi le long du Fahj en versifiant, poétisant ce moment unique qui avait infusé d'amour son cœur. Il s'était ainsi trouvé une authentique raison d'exister. Aussi croyait-il que cette créature d'exception allait faire le pas de venir vers lui, plutôt que de jouer les arlésiennes. Car il nourrissait l'intime projet d'en faire la Kzâhrah de Kûrhasm à son côté.

Un matin, deux soldats basés à Phaëris en Anaphysis se présentèrent au château avec un cheval blanc d'apparence sauvage. Averti par son premier serviteur Tastham, il se hâta vers cet éventuel signe des dieux.

- Où l'avez-vous trouvé, dirhen (*messieurs*) ? S'enquit-il.
- Zyâr, on était en mission de surveillance et on a vu ce cheval qui galopait comme un damné le long du Louclam. Alors, on a eu l'idée de le pousser vers la pointe de Zhimië pour l'y coincer et l'immobiliser.
- C'est une bête magnifique, reconnut le Kzâhr. J'ignorais que l'Anaphysis comptait des chevaux en liberté ... et blancs de surcroît.

- Nous non plus ... on n'a jamais vu ça, Kagîz. On se demande bien d'où il vient et comment il a pu arriver jusqu'ici. Il est peut-être tombé du ciel.

Les gardes rirent de concert, tandis que Xanghôr réfléchissait.

- Et pourquoi venez-vous précisément ici pour me le montrer ? Interrogea ce dernier.

- Notre ciapiriat Skëfehl, à qui on l'a amené, nous a dit simplement de vous l'apporter. Sans doute qu'il a voulu vous faire plaisir avec une belle monture.

- Si je peux me permettre, Grand Kzâhr, intervint le ciapiriat de la zahrasti.

- Je t'en prie, Rëhmiog.

- Il me fait penser à ce mystérieux cheval blanc, soi-disant volant, et portant un cavalier casqué d'or, enfin ... selon les témoignages.

- Oui, bon, il y a eu toutes sortes de versions sur la chose. Il ne m'apparaît pas qu'il puisse s'agir du même animal, puisque la monture en question faisait apparemment corps avec son cavalier.

- C'est exact, Zyâr. À moins que ledit cavalier se soit rompu le cou en cherchant sans cesse à se donner en spectacle.

Cette remarque n'amusa guère le souverain. Elle eut même pour effet de le contrarier fortement.

- Trêve d'hypothèses Rëhmiog ! Lança-t-il péremptoirement. Occupe-toi plutôt de faire dresser ce magnifique étalon ! J'ai décidé qu'il serait ma monture attitrée dorénavant. Peut-être, nous permettra-t-il aussi de créer une nouvelle race de grand prestige.

- À vos ordres ! Paix en vous, Kagîz.

- Paix en toi, dirh ciapiriat (*monsieur le ciapiriat*).

La réflexion de l'officier l'avait attristé au plus profond, ce cheval ayant effectivement la fière allure du coursier que la supposée Kilhindrâ montait dans sa vision ainsi que dans les dires d'Antamya. Il avait hâte de constater si celui-ci l'amènerait à côtoyer le ciel, à devenir également un cavalier dont le krönhystrum (*mémoire de Kûrhasm*) vanterait les prodiges. Bien qu'une douleur térébrante lui triturait les viscères ; car il ne supportait pas l'idée de perdre celle qu'il considérait, à présent, comme sa promise. Lui fût-il arrivée malheur, il envisagerait sérieusement de quitter la belle terre de Kûrhasm. Exutoire à ses tourments, la poésie l'aiderait à soigner ce chagrin.

« L'angoisse m'étreint depuis qu'un cheval blanc,
Pareil à celui dans une nuée volant,
Et dont on me rapportait les exploits,
Même si je les traitais d'imaginaires,
M'a été amené comme un animal ordinaire.
A-t-il perdu ses dons, privé de sa cavalière ?
S'est-il laissé prendre pour me mener à toi ?
Sachant l'amour que mon cœur nourrit
Et que je dispose des prérogatives d'un Kzâhr.
Par conséquent, celle de te mettre à l'abri
Dans un palais où tu deviendrais Kzâhrah
D'un kurazium[22] aujourd'hui dans la peine
À cause que son souverain lui cherche une souveraine.
J'espère qu'il ne se fait point le funeste héraut
D'une annonce propre à m'ôter l'envie de vivre
Si elle venait à se muer en certitude.
Car mon cœur porte désormais l'indélébile sceau
D'un face-à-face avec une sublime créature.
Et il ne pourrait donc s'énamourer d'une autre
À qui il manquerait ce charme qui enivre,
Cette essence dont ton être exhale la fragrance,
Cette aura d'une inégalable magnificence.

---

[22] Territoire de Kûrhasm ou empire

ou :

Aie pitié de mon désarroi !
Kilhindrâ, du doute libère-moi !
Entends le chagrin de mon âme
Depuis que la perspective de ta flamme
S'est transformée en vain fantasme.

ou encore :

Un Kzâhr agonise sur Kûrhasm !
Il se meurt d'amour pour une femme
Sur la base d'une manifestation
Dont une enfant lui a rendu témoignage ;
Outre la sienne dans une autre dimension,
Semblable à une hallucination.
Ô dieux qui connaissez ce rêve
Que dans mon cœur vous avez mis !
Faites qu'il s'accomplisse avec magie,
Que dans une lumière je m'élève
Pour ravir l'âme de Kilhindrâ ! ».

Quant à Kilhindrâ, elle appelait Zhöj en permanence dans sa pensée. Elle n'acceptait pas l'idée de ce brusque abandon après une complicité dépassant celle d'un animal avec son maître. Car leur relation avait été de l'ordre de l'âme, celui-ci n'étant pas seulement un étalon capable de prouesses exceptionnelles. Son intelligence ne l'avait point étonnée comme elle le percevait instinctivement au-delà de son apparence. La nuit passée, elle avait fait un curieux songe dans lequel un cheval à la robe luminescente la portait vers un monde féerique qu'une myriade de lumières multicolores éclairait et un soleil impérial baignait. (Cet événement signifiait qu'elle éprouvait le désir inconscient de retourner au sein de l'univers Ziowêaen (*le monde de lumière d'où son âme venait*). Les images du rêve ne s'étant pas évanouies au réveil, elle s'étonnait de la nostalgie que celles-ci suscitaient en son cœur.

Chapitre 6

L'intervention divine

-1-

- Zyâr, le cheval blanc s'est sauvé.

Rëhmiog appréhendait la réaction du Kzâhr, craignant en réalité de le peiner ; car il ne lui avait point échappé l'étrange engouement de ce dernier pour cette monture.

- Que me dis-tu là ! S'emporta Xanghôr. Allons, va et rattrape-le … plutôt que de m'avouer ta stupidité !
- Zyâr, je suis désolé. Il nous a échappé pour de bon. Nous avons bien tenté de le poursuivre, mais aucun de nos chevaux ne possède sa puissance.
- Pourquoi n'as-tu pas pris un de mes ëpalzhiz (*une race de cheval magnifique élevé uniquement dans les écuries du Kzâhr*) ? Ce sont incontestablement les chevaux les plus rapides de Kûrhasm.
- Avec tout mon respect, Kagîz, le meilleur de nos ëpalzhiz ne pourrait rivaliser avec cet animal. Celui-ci semble provenir d'un autre univers.
- Qu'a-t-il fait de si extravagant pour que tu allègues de la sorte ?
- Son galop était d'une telle rapidité qu'il semblait voler au-dessus du chemin. Pour être franc, je l'ai vu voler, Zyâr, et nos excellents étalons en sont parfaitement incapables.

Le Kzâhr Xanghôr éclata de rire.

- Mon brave Rëhmiog ! Cette chose n'existe que dans les fables de nos conteurs ou … dans mes poésies, lança-t-il en levant l'index. Ton histoire ressemble étrangement à ces fameuses visions d'un cheval volant. Dis-moi, sa crinière ne se serait-elle pas soudainement parée d'or à l'image d'Azolhis (*cheval céleste de couleur blanche avec une opulente chevelure d'or sur la tête – mythe*) ?

- Eld Zhiaki, je sais que cela paraît aberrant. Pourtant, je maintiens que ce cheval n'a pas son pareil sur Kûrhasm.
- Bien, cessons d'épiloguer ! Passe le mot jusqu'au Philistrath, afin que les gardes retrouvent cet Azolhis.
- À vos ordres ! Paix en vous, Kagîz.
- Paix en toi, ciapiriat Rëhmiog.

En vérité, Xanghôr croyait vraiment que cet animal était doué de capacités bien supérieures au plus vaillant de ses superbes ëpalzhiz et d'une performance inégalée par le meilleur des congénères d'autres races. Toutefois, il ne voulait partager cette croyance avec quiconque, de peur que des cœurs sceptiques n'en vinssent à ternir le merveilleux. Il redoutait aussi que des esprits mauvais ne rompissent le charme, voire n'empêchassent ses chants d'amour de subjuguer l'âme de Kilhindrâ. L'éventualité d'un drame le privant, à jamais, d'un sublime bonheur avec sa belle merankhypris (*peau basanée cuivrée*) l'attristait au plus profond ; car il continuait d'espérer que le destin l'unirait à cette créature à nulle autre pareille. Aussi éployait-il sa poésie sur Kûrhasm, chantait-il son nom avec l'assistance de la puissance divine jusqu'aux confins de l'univers, délaissait-il le pouvoir pour ne plus penser qu'à elle et l'envelopper subtilement de son désir d'amour. Il voulait croire que sa supplication quotidienne finirait par produire l'extraordinaire ; même s'il se demandait comment un tel phénomène surnaturel se matérialiserait. Le Haut Kâmios semblait s'ingénier à l'édifier, via des manifestations ésotériques, et le forcer à un difficile décryptage. Or il n'était pas myste et sa prédilection n'allait pas, non plus, à l'hermétisme. Il aspirait inconsciemment à se conformer au dessein tracé dans le Ciel, à savoir l'hymen avec celle aperçue en songe, puis dans une vision au sommet du Moragh. Il pressentait pourtant que tout cela prendrait un tour particulier.

L'intervention divine

Il passait son temps à ressasser ses chants tout en chevauchant sur les plaines ou en marchant paisiblement dans la forêt d'Arenz (*voir ces lieux sur la carte de l'Anaphysis dans l'addenda*) ou, encore, sur le sentier grimpant vers la pointe de Xyö. Il interdisait à sa garde de le suivre, voire de le surveiller à distance, estimant ne courir aucun danger. En effet, Kûrhasm était un univers merveilleusement paisible et, sauf quelques conflits sporadiques, les individus s'efforçaient d'y vivre en bonne intelligence avec leurs semblables. De surcroît, personne n'aurait l'idée saugrenue de s'en prendre au Kzâhr, véritable icône et miotiahn digne du plus haut respect. Par conséquent, la zerkasti (*garde de l'Autorité*) et les solpraztiz (*gardes provinciales*), institués par feu son père, n'avaient que l'utilité de dissuader les velléités de débordements ; vu que les himotiahnz (2ème *race*) tenaient de leur croisement une tendance à l'agressivité.

Quant aux meiriahnz (3ème *race*), foncièrement pacifistes, ils s'en tenaient à tempêter contre l'arrogance de ces derniers. Xanghôr était conscient que des pulsions trop longtemps enfouies pourraient s'épancher un jour à la faveur d'un événement impromptu. Il louait néanmoins Kâmios d'avoir créé une aussi belle terre et insufflé un peu de sa sagesse à la race miothy, pivot de la stabilité de ce lieu. Il rendait grâce, de même, pour sa passion poétique, une disposition romantique qui lui permettait d'affriander cette Kilhindrâ dont il devinait la délicatesse et la subtilité. Son âme était impatiente de communier avec cette autre qu'elle savait férue d'amour. Il chanta avec entrain « l'appel de l'âme destinée » tout en s'efforçant de visualiser l'image de cette beauté divine, reçue dans un état second.

« Kilhindrâ, entends l'appel
De l'âme à la tienne nouée !
Puisse-t-il réveiller le destin
Dont celle-ci porte le dessein !

Que puissamment il résonne
Et t'incite à faire le chemin
Vers mon cœur moribond !

Au faîte du Moragh, je déclame
Ces vers, telle une lame
Fendant les horizons.

Que la vibration de ton nom :
Kilhindrâ, Kilhindrâ !
Pareil à un flot qui déferle,
Ébranle et transporte ton âme !
Kilhindrâ, Kilhindrâ !
Vers celle dont cette passion émane.
Kilhindrâ, Kilhindrâ ! ».

L'intervention divine

-2-

À peine sortie de son rêve, Kilhindrâ entendit de lointains hennissements. Elle vit même Zhöj, entouré d'une sorte de brume et franchissant le voile céleste pour parcourir l'espace au galop vers la dimension de ce monde. Elle refusait inconsciemment de s'éveiller, désirant prolonger cette belle vision et demeurer un moment encore dans la douceur de la fantasmagorie. Elle n'aurait que le temps, ensuite, de ruminer la désillusion ou l'horreur du manque.

Kilhindrâ fuyait l'inexorable réalité. Les yeux clos, elle cherchait dans la mémoire de son âme une idyllique souvenance. Soudain, un souffle chaud caressa ses cheveux ainsi que son visage ; or elle ne confondit pas celui-ci avec le tiskozo (*vent plutôt chaud*). La sensation humide et soyeuse, accompagnée d'un petit ébrouement, finirent de la sortir de sa somnolence. Se levant d'un bond, elle partit en courant. Elle feignit de fuir, mais Zhöj la poursuivit tout en s'amusant à la pousser avec son museau ... un prompt retour de son gai compagnon qui la ressuscita. Assise en tailleur, elle l'admirait pendant qu'il se livrait à toutes sortes d'acrobaties, partait au galop, revenait ou volait dans les airs, stimulé par ses éclats de rire et son enthousiasme. Ayant une ouïe spirituelle très développée, elle décelait de la facétie au fond des hennissements de son animal préféré. Quand il disparut derechef dans un genre de nuage, la peur lui coupa la respiration et les larmes mouillèrent aussitôt ses yeux. La lumière du bonheur ayant déserté son magnifique regard pers, ce dernier se mit tout à coup à ressembler à une mer dans laquelle un ciel anthracite se mire. Le malicieux et beau pur-sang revint brusquement la surprendre dans son dos, provoquant le retour d'un splendide rayon de joie sur son faciès cuivré. Pattes de devant pliées, il quémanda humblement son pardon.

- Non, Zhöj, je ne t'excuse pas. Tu n'es qu'un vilain compagnon, égoïste et infidèle. Et ne t'imagine pas pouvoir m'émouvoir aussi facilement.

Évidemment, son cœur ne resta pas insensible à la tristesse dans le regard du beau cheval.

- Pour cette fois, je te pardonne ; mais si tu t'avises de me laisser à nouveau mourir de désespoir, je m'en irai d'ici et tu ne me reverras plus jamais.

Il poussa alors un mélancolique hennissement, s'ébrouant à nouveau et dodelinant de la tête.

- Je ne plaisante pas, Zhöj. Tu verras que ton âme cherchera désespérément la mienne pour l'éternité.

Dans les yeux d'un bleu transparent, et quasiment humains de ce dernier, elle perçut une lueur qui l'émotionna fortement. Grimpant sur son dos, elle contempla l'aveuglante lumière du soleil au zénith.

- Allez, mon bel étalon ! Amène-moi sur ces chemins dont tu as le secret.

Zhöj porta Kilhindrâ dans le souffle du vent au-delà de Kûrhasm, une ascension à la fois grisante et jubilatoire. Elle était aguerrie, désormais, aux prodigieuses chevauchées dans cette autre dimension, à ces fabuleux voyages hors de l'illusion matérielle. Alors que celui-ci entrait dans une brume lumineuse, elle se sentit transmuée … pareillement aux autres fois. Son corps s'effaça, permettant donc à sa conscience de s'unir avec celle de Zhöj. Tous deux traversaient ainsi l'espace sous la forme d'un esprit luminescent. Chacun servait l'autre en honorant parallèlement l'Amour. Kilhindrâ n'avait pas conscience de

L'intervention divine

chercher, dans le giron de l'intangible, à retrouver la voie originelle, à retourner vers Ziowêa. Zhöj s'efforçait, quant à lui, à la maintenir à la lisière du réel pour l'empêcher de franchir le point de non-retour. L'âme docile et zélée de ce cheval accomplissait sa petite mission ici-bas. Kilhindrâ et Zhöj agissaient, en fait, sous l'égide d'une Haute Intelligence ; ce qu'ils ignoraient.

En revenant de ses voyages quasi interstellaires, Kilhindrâ demeurait souvent plus d'une heure dans un état semi-léthargique, entre deux mondes, allongée sur le sable blond de sa retraite dans le Philistrath et le corps nu voluptueusement offert aux caresses torrides de Tiviohr (*dieu du feu et frère de Phëliz, le dieu du jour*). Outre ce lieu, le bout de Grëmanganath où elle faisait sa cueillette quotidienne de fruits et les quelques provinces parcourues à la vitesse de l'éclair, elle ne voyait de Kûrhasm, la plupart du temps, que de vastes terres aux couleurs variées et une grande étendue d'un beau turquoise. Ciômaz la maintenait encore dans l'ignorance du but de sa chute dans cet univers ainsi que de sa condition de future zioirizi (*Installée supérieure au sein de Ziowêa*). Elle ne savait pas, non plus, qu'un Kzâhr poète lui dédiait des chants d'amour et lui criait, par eux, sa passion ; même si son oreille intérieure avait entendu l'appel déchirant dont l'écho avait ébranlé le kurazium (*territoire de Kûrhasm*) Une force subtile la poussait, par conséquent, à partir à la rencontre de cette promesse de béatitude. Certes, son âme sainte n'était en quête que d'une communion dans l'Amour pur.

En amazone sur Zhöj, elle fit le tour du Philistrath avec l'impression de quitter cet endroit pour toujours. Or cela ne l'attristait guère. Elle prenait avec confiance ce nouveau chemin que sa petite voix lui dictait.

Elle caressa l'encolure de son cheval tout en lui chuchotant à l'oreille :

- Va Zhöj ! Suivons cette voie que j'entends en moi.

Après sa sempiternelle pesade, le divin étalon blanc s'élança vers le ciel. Très vite, il n'eut plus l'air d'un cheval ni Kilhindrâ d'une femme. Ainsi certains habitants verraient à nouveau une lumière casquée d'or resplendir dans les airs et beaucoup prendraient ce phénomène pour un message du Dieu présidant sur tous les dieux. Depuis le séisme provoqué par le tonitruant appel du Kzâhr Xanghôr, les kuriahnz (*habitants de Kûrhasm*) vivaient dans la crainte d'une damnation de cet univers.

Quant à Kilhindrâ, elle aspirait secrètement à une chevauchée fantastique vers une Dinvah (*Jardin des Cieux*) baignée d'une éternelle lumière et gouvernée par l'Amour.

-3-

Assis sur un rocher des calanques de Ghizig (*voir ce lieu sur la carte de l'Anaphysis dans l'addenda*), en ce mois hëgix (*un des deux mois de la saison douce*) de l'agréable intersaison, Xanghôr poétisait. Tout en contemplant la roche spumeuse recouverte de coquillages fossiles ainsi que la mer glauque en furie venant inlassablement frapper la barrière rocheuse sous ses pieds, il s'émerveillait de cette beauté candide dont le génie humain n'aurait su créer le riche arrangement. Il préférait de loin cette nourriture au faste de la Cour, persuadé en outre qu'Anthënôa (*déesse de la pensée et des arts*) ne gratifiait guère de sa belle lumière les cœurs enclins à la superficialité. Son intuition lui souffla soudain qu'un événement particulier se préparait ; or il craignit de ne pas savoir en percevoir la subtilité. Son superbe regard bleu azur pointé vers le ciel, il eut le sentiment que d'étranges personnages, cachés au sein de traînées blanches semblables à des fleurs de coton, l'observaient. Il invoqua à nouveau :

« Ô dieux qui connaissez ce rêve,
Que dans mon cœur vous avez mis,
Avec magie, faites qu'il s'accomplisse,
Que dans une lumière je m'élève
Pour ravir l'âme de Kilhindrâ ».

Il doutait toutefois que cette fervente supplique émouvrait les dieux et que la main d'Eyië (*déesse de la magie*) entreprendrait de le porter subitement vers cette femme qui se plaisait apparemment à torturer son cœur. Il quitta les calanques de Ghizig pour chevaucher à bride abattue dans la vallée de Kasphor, s'en faisant un dérivatif à l'angoisse accumulée. Était-il condamné à pérégriner, à se morfondre, à espérer sans jamais rencontrer cette Kilhindrâ ?

Allongé dans l'herbe, il continua de rêvasser. L'idée lui vint de chanter à tue-tête quelques vers de « l'appel de l'âme destinée ». Il ignorait qu'un être céleste le guidait et que la vibration de son chant traçait, en cet instant, une voie subtile.

« Kilhindrâ, entends l'appel
De l'âme à la tienne nouée !
Kilhindrâ â â â â â â â â â !
Pareil à un flot qui déferle,
Ébranle et transporte ton âme !
Kilhindrâ â â â â â â â â â !
Vers celle dont cette passion émane.
Kilhindrâ â â â â â â â â â ! ».

La terre se mit à trembler sous son corps, comme martelée par les sabots d'une horde de chevaux galopant dans sa direction. Bondissant énergiquement sur ses pieds, il aperçut au loin un superbe pur-sang blanc lancé à vive allure. Il ferma alors les yeux et les rouvrit à plusieurs reprises, certain qu'il s'agissait d'un fugitif mirage créé par son cœur en quête de magie.

Quand le magnifique étalon à la robe pareille à une neige fraîchement tombée tourna autour de lui en poussant de curieux hennissements, il réalisa que ce n'était pas une divagation.

Subodorant que ce cheval cherchait à l'avertir de quelque chose, il redouta tout à coup la catastrophe dont celui-ci se faisait le messager. Tombant promptement à genoux, il pria Kâmios avec ardeur :

« Ô Kâmios, pourquoi broies-tu mon cœur ainsi ?
Prends ma vie, puisque je ne saurais survivre
En ce monde, privé de la perspective
D'une union avec celui que le mien chérit.

Ô Dieu, je te supplie humblement d'accomplir
Le miracle d'une sublime communion !
Si j'ai démérité, je requiers ton pardon.
Pour mes péchés, j'implore ta rémission.
Ô Kâzhim (*Seigneur*), puisse ton zayok[23] transpercer
Ma poitrine, si ma prière tu ne veux exaucer !
Voici que je me soumets à ta sage décision.
Mais pitié, rends foudroyante ta punition ! ».

Une brutale bourrade dans le dos le projeta vers l'avant. Piteusement affalé, il regarda ce cheval blanc qui l'invitait à sa manière à le monter. Tout en se réjouissant de cette réponse de Kâmios à sa précation, il enfourcha lestement le fringant coursier qui fonça illico en direction de l'Hëliasm. Lui, le Kzâhr de Kûrhasm, cavalier peu disposé à suivre d'habitude le bon vouloir de sa monture, se laissait docilement mener. Il était même fier de l'honneur que cet extraordinaire mustang – qu'il pensait être celui de Kilhindrâ – lui faisait, en dépit de l'angoisse meurtrissant son cœur. N'ayant jamais chevauché à cette vitesse, il constata que le meilleur de ses ëpalzhiz ne pourrait effectivement rivaliser avec cet animal fantastique.

Étourdi par le vent, et mené par ce cheval hors du commun sur une voie tracée dans le ciel, il eut l'impression de sortir de son corps. Au cœur d'une épaisse brume, qu'un frêle rayonnement éclairait – tel celui de Phëliz à la saison hiémale –, une forme se silhouetta, puis devint une chrysalide semblable à un soleil et, de façon quasi instantanée, une femme au visage magnifique : teint cuivré, splendides yeux d'un bleu vert surnaturel et chevelure pareille à une cascade scintillante. Paxôrë, la déesse des secrets, sondait-elle la pureté de son amour ? La créature vint vers lui et monta en amazone sur la croupe du grand étalon qui s'élança dans une course folle au sein de cette

---

[23] Genre de sabre à la lame légèrement recourbée

dimension au décor onirique et baignée, à présent, par une douce lumière phëlizienne[24]. Son être se délectait de cette félicité comme d'une ambroisie, suppliant Sotham (*dieu de l'amour*) d'en perpétuer la grâce. À l'heure de redescendre de ce monde magique et de réintégrer son corps d'humain, il appréhendait l'épreuve de l'attente de la concrétisation de ce bonheur vécu en esprit.

---

[24] Relatif au soleil (étant le dieu du jour, Phëliz symbolisait l'astre solaire)

-4-

À dos de l'extravagant cheval blanc, Xanghôr chevauchait maintenant dans la vallée de Kasphor en sens inverse. Celui-ci s'ingéniait à sauter les obstacles et à voler à la vitesse du vent. Le ramenait-il à l'endroit d'où il l'avait tiré de sa langueur avant de lui faire vivre une expérience pareille à un songe ?

La délicieuse sensation de ces deux bras le tenant par la taille n'était en rien imaginaire. Il avait aussi conscience d'être le Kzâhr de Kûrhasm et d'amener à Stiarâk la femme tant désirée. Il remerciait humblement le Haut Kâmios de l'avoir exaucé, une divine gratification dont il comptait faire graver le sublime sur un terkhalkum du krönhystrum (*tablettes relatant la mémoire de Kûrhasm*).

-5-

- Klephir, va donc quérir le ciapiriat Rëhmiog, je te prie.
- Tout de suite et avec plaisir, Zyâr.

Le deuxième serviteur obtempérait avec bonheur au moindre désir du Kzâhr, vouant à celui-ci une secrète adoration. Xanghôr traitait avec affection les meiriahnz *(individus de la 3ème race)* à son service qui ne cachaient pas leur engouement pour ce souverain artiste et original. Quant au peuple, telle une ribambelle d'enfants qu'un père abandonnerait, il manifestait bruyamment son attachement lors des départs de Xanghôr de Vighêz.

- Eld Zhiaki, dirh ciapiriat de la zahrasti attend votre ordre.
- Merci, Klephir. Prie-le d'entrer.

Celui-ci arriva devant le Kzâhr d'un pas décidé, s'arrêta à une distance convenable et salua dans une position hiératique.

- Dirh *(monsieur)* Rëhmiog, tu vas partir immédiatement pour Vighêz avec deux hommes. Tu te rendras ensuite à Tyzaregh zhistin *(village de Tyzaregh)* pour demander à mon tailleur de venir avec des soies et des étoffes de belles couleurs, au sandalier avec des istafodis, des dalizaz, des tendëliz *(modèles de chaussures pour femmes)* et tout le matériel pour en fabriquer de nouvelles ici sur place, au parfumeur avec les fragrances les plus recherchées, à l'architecte du Zahrkëlyum *(Palais du Kzâhr)* avec une équipe d'ouvriers, à un enseignant de l'art de notre belle langue avec sa patience et, enfin, à la troupe de comédiens, musiciens et autres artistes avec leurs meilleurs divertissements. Tu trouveras aussi une femme capable d'assurer la charge de première servante ainsi que deux autres servantes. Tiens, voici un terkhalk[25] où j'ai fait graver tout cela, afin que tu n'oublies rien. Va et fais vite, mon ami. Surtout ne réponds pas aux questions indiscrètes.

   - Je serai de retour dans deux mois avec tous ces gens. Paix en vous, Kagîz.

   - Paix en toi, Rëhmiog. Puisse Kâmios t'assister.

   Il avait attribué à Kilhindrâ un appartement situé dans l'aile sud du vaste palais, à savoir huit pièces, n'osant pas la déranger et regrettant qu'elle ne le laissât point contempler sa beauté. Il se suffirait de sa silencieuse présence, puisqu'elle avait indiqué par gestes ne pas connaître la langue de Kûrhasm. Ainsi il ne pouvait la distraire, voire la subjuguer avec un florilège de ses meilleurs vers. La vénusté de cette jeune femme dépassait celle des miotinhaz (*femmes de race miothy*), des spécimens que le Dieu Haut avait pourtant créés à l'image de Thynië (*déesse de la beauté*). Outre un noble port, la belle lumière dans le regard et sur le visage de cette Ixëzantia (*sorte d'Euphrosyne, une des trois filles du dieu grec Zeus et de grande beauté*) au teint merankhypris (*basané cuivré*) mettait en valeur sa haute provenance. Une réalité qui le renvoyait, d'une part, au songe dans lequel une créature lui était apparue entourée d'un splendide rayonnement et, d'autre part, à la vision de Prophys d'une femme à la peau blanche et, sans doute, d'essence divine. Ces représentations symboliques avaient incontestablement auguré de la venue de Kilhindrâ. S'agissait-il d'une déesse envoyée par le Grand Kâmios sur un cheval blanc – indication d'une origine céleste – pour effectuer une œuvre occulte en cet univers ? Cette personne correspondait indubitablement à un divin prodige dans un but ésotérique, dans la mesure où un croisement entre un himotiahn (*peau gris-bleutée*) et une meirinha (*femme de race meiry*), ou inversement, n'aurait guère abouti à ce résultat. De toute manière, l'événement d'une

---

[25] Tablette de terre cuite recouverte au dos d'une fine lamelle de métal plus ou moins précieuse selon l'importance de celle-ci, puis peinte et vernie après la gravure du texte

enfant à la peau d'une couleur aussi particulière aurait depuis longtemps défrayé la chronique et ressuscité les antiques réminiscences contées par le krönhystrum (*qui répertorie l'histoire de Kûrhasm*). Il s'attendait à ce que la Cour et les notables critiquassent sa décision de prendre pour épouse une femme née d'une opération magique et tellement éloignée des coutumes de Kûrhasm ; car les enfants engendrés par cette union viendraient contredire la tradition selon laquelle le Kzâhr doit être de pure race miothy (*1ère race à la peau bleutée*). Il imaginait donc d'avance la crainte de beaucoup à cause d'une supposée malice du Dieu au-dessus des dieux. Il refusait, pour l'heure, de ternir ce grand moment avec de piètres considérations, préférant savourer le délice d'un amour impatiemment attendu. Il se remémorait les longs jours, voire les nuits passées à chanter dans son cœur, au sommet de l'Hogharis, sur le toit du Moragh ou, ailleurs, à espérer, désespérer, prier, désirer communier, un bref instant même, avec l'âme destinée à la sienne et dont il pressentait, à l'époque, la rareté. Si cette fleur d'une exceptionnelle splendeur était aujourd'hui à portée de main, il se trouvait malheureusement empêché d'en effleurer la délicate corolle ou d'en respirer l'effluve. Il était néanmoins heureux de cette alchimie qui avait eu lieu, de manière surprenante, au fond de l'être et de ce que l'extraordinaire s'était matérialisé au plus fort du désespoir. Son cœur s'émouvait encore de ce vécu au sein de l'antichambre du firmament, tel un songe, un conte ou une hallucination. Un cheval blanc, semblable à Azolhis (*cheval ailé à la couleur blanche et coiffé d'une crinière d'or*), l'avait élevé dans ce ciel pour y rejoindre une créature céleste, signe que Kilhindrâ n'était qu'en apparence humaine. Quoique la présence bien réelle de cette dernière à Hüzom këlyum (*palais ou château d'Hüzom*) rendait caduque l'hypothèse d'une piètre féerie. Il lui tardait qu'elle fût éduquée aux subtilités de la langue de Kûrhasm pour lui faire entendre ces poèmes et chants en train de bourgeonner dans le jardin de son imaginaire, et que la splendide lumière de cette dernière ferait incontestablement éclore. Ce ne seraient plus des élégies, des cantilènes, des appels, mais de joyeuses poésies ou, même, des odes flattant la magnificence de cette créature de rêve.

Depuis un mois, elle n'avait quitté ses appartements que pour chevaucher avec son inséparable Zhöj en Anaphysis ou, plutôt, au sein de son Almizhium (*univers paradisiaque*). Souvent, il la regardait partir au galop, constatant la divergence de leurs intentions et qu'elle n'aspirait pas à partager un bonheur paisible avec lui ni son impériale condition. Ce besoin d'indépendance et cette attitude sauvageonne l'inquiétaient, comme il envisageait d'informer les kuriahnz (*habitants de Kûrhasm*) que Kâmios avait entendu sa prière et exaucé son désir d'installer une Kzârah d'exception à son côté.

Quant à Kilhindrâ, elle avait l'impression qu'une force l'avait propulsée brusquement dans un autre monde, une nouvelle chute en quelque sorte, mais dans la dorure cette fois. Xanghôr l'intimidait et le luxe ostentatoire dans lequel elle se trouvait plongée, brusquement, ne la comblait guère. Mille fois trop grand, ce lieu de vie était incompatible avec ses modestes aspirations. Elle regrettait donc sa retraite toute simple du Philistrath, un paradis de lumière où elle pouvait épanouir son besoin d'humilité en étroite proximité avec la Nature. Par conséquent, elle fuyait le palais pour s'élever au-dessus de cette superficialité et tenter de percer la vérité de cette voie qu'elle pressentait. Tandis qu'une partie d'elle l'induisait à consentir à cet amour charnel, une autre l'exhortait à l'Amour pur. Car son ego l'incitait à se suffire d'une vie ordinaire pendant que son âme lui murmurait l'impératif de sa mission. Si elle découvrait peu à peu cette dualité en elle, le but de son existence sur cette terre échappait encore à son entendement.

-6-

Dans la cour du palais, une noria de personnes allait, venait et conversait bruyamment. Xanghôr reçut l'enseignant, le tailleur, le sandalier, le parfumeur, la première servante ainsi que le groupe d'artistes, afin de leur communiquer ses directives. Il s'entretint longuement avec l'architecte, envisageant un réaménagement du plus vaste appartement – réservé habituellement aux Zheirix[26] de passage – selon les goûts de son invitée ; car il prévoyait de l'y installer. De façon à lever au plus tôt le barrage de la langue, il commanda à Elyunë, la première servante, d'aller quérir cette dernière dans sa chambre et enjoignit Klephir de les conduire toutes deux dans l'un des petits salons. Parallèlement, il exhorta le professeur Fighat de commencer son instruction sur la langue de Kûrhasm.

Étant donné son extrasensorialité, ce hourvari et cette agitation festive importunèrent vivement Kilhindrâ qui se sauva au petit matin pour fulgurer avec son fidèle Zhöj dans les lueurs vaporeuses de l'aube. Elle lui chuchotait à l'oreille où elle souhaitait aller et, fidèlement, il l'y portait. Leurs êtres communiquaient sans peine, vu les capacités surnaturelles de cet animal envoyé en cet univers, simultanément à sa propre manifestation, pour l'assister dans sa mission éminemment occulte. Il la mena dans le Philistrath pour qu'elle s'y ressourçât au cœur du silence, voire s'y abandonnât à la contemplation méditative. Elle put également s'y promener dans sa splendide nudité, partir faire la cueillette de ses fruits préférés dans le Grëmanganath (anohis, phaenx, sembingz, ghunanx, thërix, zörz, latasinx, apalium), se noyer au cœur du munificent rayonnement de Phëliz, admirer les multiples luminosités de la Nature (le

---

[26] Titre nobiliaire de 4ème degré et, donc, le plus élevé après celui de Kzâhr (singulier : Zheiry ; pluriel : Zheirix)

couchant, la mer micacée par les derniers rayons du soleil à l'heure pré-crépusculaire, les lueurs séléniennes, une nébuleuse dans le ciel, le scintillement de l'eau semblable à une myriade de diamants, ...). Elle se sentait peu à peu l'objet d'un changement intérieur, son intuition lui susurrant un chemin au tracé très confus. Certes, elle devait encore s'aguerrir avant le grand passage dont Ciômaz (*son père sur Ziowêa, un souvenir inscrit en son âme*) était le seul à connaître l'heure.

Sa dulcinée ayant disparu depuis deux jours, Xanghôr passait son temps à scruter le ciel ainsi que le lointain vers les quatre points cardinaux de la province. Cette soudaine escapade le consternait. Il culpabilisait aussi de n'avoir pas su détecter le mal-être de cette dernière. Il avait pourtant essayé de l'installer dans un confort douillet et de la préparer à son futur rôle de Kzâhrah. De même, il avait cherché à l'initier aux arts, afin qu'ils eussent en commun le plaisir de cette passion. Visiblement, ses intentions ne l'avaient pas séduite. Il craignait donc qu'elle s'en fût allée à jamais dans cette dimension qu'elle affectionnait et où elle semblait nager comme un poisson dans l'eau. Insaisissable, elle n'avait point permis, d'ailleurs, l'installation d'un vrai bonheur entre eux. Que ne mourait-il sur-le-champ, emporté par le chagrin !

« À peine nos âmes se sont-elles trouvées,
Que la mienne se retrouve encore à t'espérer.
Elle jubilait pourtant de cette œuvre bénie,
S'émerveillant de ce repos ataraxique
Après les tourments et la désespérance
Et un désir d'amour forcé à l'abstinence.

Pourquoi m'avoir convié à une rencontre magique
Sur ton étalon blanc au sein du cosmique,
Après une chevauchée sur des voies fantastiques,
Puis dans cet empyrée à boire l'oveimyë (*l'ambroisie*) ?

Hors de l'apparence et de la matérialité,
J'ai admiré ton âme dans sa robe irisée,
Un vêtement qui habille les divinités.

Quelle grandeur caches-tu, vénuste cavalière ?
Je subodore qu'en chutant dans cet univers,
Ton âme a cru sombrer dans un brouillard hiémal.
Fuit-elle, dès lors, cette grisaille abyssale,
Cherche-t-elle le sentier de l'occulte piédestal,
Tel un myste, l'indéchiffrable Ziojha (*Verbe Originel*) ?
Il s'agit là d'une pulsion instinctuelle,
D'une nostalgie de la félicité céleste.
Que n'as-tu amené la mienne dans ton voyage !
Vois, je suis devenu un piètre ectoplasme,
Un pauvre hère halluciné parcourant Kûrhasm,
Avec dans le cœur le candide et frêle espoir
Que ton cheval surgisse et me porte dans ce nuage
Que les reflets de ton âme ornent de subtiles moires.

Tu m'as empreint à jamais de tes doux effluves,
Inoubliable instant, pourtant, si fugitif
Où nous chevauchâmes sur ta blanche monture.
À présent, je ne suis qu'un frêle esquif,
Ballotté par les vents au gré de l'imprévu.
   Puisse Mazeck (*représentation de la mort*) trancher promptement le fil ténu,
Puisque de mon amour, tu n'as point voulu ! ».

Tout en chevauchant à l'aventure, il envoyait cette mélopée à sa sublime merankhypris (*peau basanée cuivrée*), n'étant plus qu'un Kzâhr vagabond dont le chagrin contristait le peuple. Tout Kûrhasm savait que leur bien-aimé souverain avait ramené l'étrange femme montant le cheval blanc à Hüzom këlyum, qu'il avait fait venir de Vighêz toutes sortes de spécialistes et qu'il se trouvait en plein désarroi depuis la soudaine fuite de cette insolite créature. Le déraisonnable fantasque du monarque suscitait des critiques et une rumeur courait, même, au sujet de son état mental. Au village de Tyzaregh, nobles et notables se réunissaient pour palabrer sur cette situation de crise. Certains himotiahnz estimaient que Xanghôr devait faire le pas d'abdiquer, des hostilités que Niëvor s'employait à attiser. Ce dernier s'imaginait déjà sur le trône avec le titre de Kzâhr Niëvor Ier, sa femme Ostynhëa gouvernant à ses côtés et leurs six enfants assurant la lignée impériale, puis la suprématie himotiahn. En effet, il caressait le projet de renverser l'ordre racial établi de toute antiquité en cet univers. Anticipant sur l'abdication de Xanghôr, il commençait d'ailleurs à mettre en place ses méthodes autoritaires et très controversées. Si les kuriahnz (*les habitants de Kûrhasm*) vénéraient le Kzâhr, en dépit de ses goûts on ne peut plus fantaisistes, ils n'aimaient guère ce rhis (*vice-Kzâhr*) prétentieux. Aussi leur légendaire pacifisme menaçait-il de se muer en bellicisme.

Xanghôr se dirigea vers le désert de Kaspalyë pour s'y dessécher, escomptant que le kërghish (*vent très chaud et très sec*) enverrait sa misérable carcasse dans le thälabak (*bouclier d'eau*). Il priait Kâmios tout en chantant « l'appel de l'âme destinée ».

Étant au plus fort de sa déréliction, et tandis qu'il cherchait un coin de sable où s'allonger pour mourir, un puissant souffle l'entraîna promptement ainsi que son cheval. La vision de Kilhindrâ près de lui sur son superbe étalon immaculé ressemblait à un nouveau songe, un fantasme induit par son vif désir de revoir une dernière fois sa Zheirah (*titre nobiliaire*) à la peau joliment cuivrée.

Stimulé par la puissance du coursier à la robe de neige, son ëpalzhi (*race d'un cheval très puissant et réservée au Kzâhr et à sa famille*) sublima ses limites. Aussi vécut-il la plus étourdissante des chevauchées. Il se laissait docilement guider, se moquant, à présent, d'être le jouet d'un imaginaire flirtant avec la déraison.

Chapitre 7

La fusion

-1-

Transcendé par cet infini bonheur, Xanghôr s'adonnait, plus encore qu'avant, à la poésie. Il profitait de ce temps de grâce pour concevoir, enfin, des poèmes légers et optimistes. Néanmoins, la crainte d'une cinglante réalité – et venant le forcer derechef aux affres de la solitude ou du désamour – le tourmentait. L'événement du retour de Kilhindrâ s'était manifesté avec une telle vélocité, et de manière si extraordinaire, qu'il s'interrogeait encore sur la vérité de celui-ci. Que ne se transmuait-il magiquement en personnage de fable ou en souverain d'un merveilleux monde brillant d'une béatitude éternelle. Il avançait avec précaution dans ce bien-être, s'interdisant de tendre vers l'euphorie. En dépit d'un comportement étrange, il pressentait néanmoins que Kilhindrâ n'était plus aussi indifférente à son amour, voire à la naissance d'un lien. Il s'efforçait de mériter la bénédiction de Kâmios, conscient que cette magie n'aurait pu avoir lieu en dehors de l'intervention du Divin. La volte-face de sa bien-aimée correspondait-elle à une œuvre de l'invisible pour empêcher un pitoyable trépas du Kzâhr de Kûrhasm au milieu d'un désert ? La déification de celui-ci par le krönhystrum étant une incontournable coutume, cet événement indiquait qu'il ne pourrait s'y soustraire ... quoiqu'il fît. Effectivement, la tradition de cet univers entretenait la croyance d'un retour des monarques miotiahlz (*de race miothy*) vers les dieux par lesquels ils furent enfantés. S'il n'était point un souverain de la trempe de ses prédécesseurs, il avait quand même encouragé ses sujets à s'intéresser aux arts et à développer leurs talents créatifs. Par cette voie, il espérait avoir permis une petite évolution de ce monde.

Kilhindrâ se résolut à habiter le palais d'Hüzom (*palais de 118 pièces et d'une surface de 6900 m²*), faisant débarrasser son appartement de ce qui n'avait, de son point de vue, que valeur d'oripeau. Elle privilégia la simplicité et la lumière tout en n'osant pas imposer l'effaçure des ornements et autres peintures sur les murs ou les plafonds, pourtant abondamment chargés, c'est-à-dire très historiés. Cette réaction ne contraria guère Xanghôr qui fut même ravi de cette attitude originale. N'avait-il pas ambitionné une rencontre avec une femme hors du commun et en mesure de le fasciner ? Sur ce plan, il estimait avoir été royalement servi, Kilhindrâ n'étant pas seulement une femme à nulle autre pareille, mais un personnage d'exception. Ne devinant pas, cependant, la sainteté d'âme de cette dernière, il ne s'en référait, pour l'heure, qu'à sa particularité physique. Quant à elle, partiellement éveillée, elle n'avait toujours pas conscience de sa vraie nature ni du devoir auquel celle-ci l'obligeait. Durant les quinze jours de son escapade dans le Philistrath, un morceau de voile s'était déchiré sans qu'elle sût encore analyser la nécessité derrière son élan vers Xanghôr. Elle ne voyait pas que son soudain désir d'amour servait un dessein divinement tracé. Concernant Zhöj, animal soumis à une volonté occulte, il accomplissait sa petite œuvre en l'accompagnant fidèlement. Kilhindrâ avait l'impression d'agir d'elle-même, alors qu'elle ne disposait que d'un libre arbitre distillé avec intelligence depuis sa manifestation en ce lieu ; mais il se préparait, en outre, des choses beaucoup plus édifiantes.

Kilhindrâ possédant à présent une bonne maîtrise de la langue de Kûrhasm, Xanghôr pouvait la subjuguer avec sa poésie et la divertir avec les légendes que les miotiahnz, himotiahnz et meiriahnz (*de race miothy, himothy et meiry*) se transmettaient oralement d'une génération à l'autre. Elle s'en tenait à l'écouter ;

car elle n'était guère d'un naturel loquace. Elle préférait, en effet, le silence et la méditation aux divertissements musicaux et autres auxquels Xanghôr avait d'abord cru qu'elle prendrait plaisir. Heureusement, il n'avait mis que peu de temps à observer la torture que ces musiques et amusements lui infligeaient, renvoyant aussitôt la troupe d'artistes à Vighêz. Les commentaires allaient bon train au sein de la Cour à propos de ce contexte. Certains glosaient même sur cette étrangère bizarroïde dont le souverain s'était entiché. La noblesse himotiahn, férue de discours oiseux, – les miotiahnz étant des inconditionnels du Kzâhr divinement élu – n'approuvait guère sa retraite à Stiarâk. La charge de l'Autorité imposait de résider au Zahrkëlyum (*Palais du Kzâhr*) à Tyzaregh. Que n'y amenait-il son énigmatique Zheirah (*titre nobiliaire le plus élevée après celui de Kzâhrah*) que tous pussent, enfin, admirer cette beauté parfaite et tant vantée par ceux ayant eu la faveur de l'approcher. Niëvor, Kzâhr officieux, continuait d'escompter que Xanghôr en viendrait à l'asseoir officiellement sur le trône. Or, pour l'instant, le monarque se satisfaisait de cet arrangement qui lui permettait de savourer un amour semblable à une belle amitié.

Kilhindrâ partait souvent le matin avec Zhöj – qui ne se lassait pas de galoper à vive allure dans le ciel de Kûrhasm – et ne rentrait que le soir. Parfois, elle gravissait l'Ukish (*voir la carte dans l'addenda*), petit mont du Phrangys, pour communier avec la Nature, en écouter l'euphonie – une infinie diversité qui ravissait son ouïe extrêmement fine –, en respirer les multiples exhalaisons (depuis les plus rustiques jusqu'aux plus ténues), en contempler la richesse, étant donné que le panorama aride et monotone du Philistrath (*voir la carte dans l'addenda*) ne l'avait que partiellement comblée ; même si, fort de sa supra-sensibilité, elle y avait eu accès à une richesse inaccessible aux sens objectifs. Parvenant donc à percer la quiddité en tout, elle captait également, et sans le rechercher, la pensée des êtres humains. Aussi choisissait-elle de les éviter, plutôt que de subir l'agression de leurs pensées aux couleurs dérangeantes, des vibrations propres à flétrir son harmonie intérieure. Par chance, Xanghôr avait un cœur doux et une patiente équanimité. N'eût-il ce tempérament agréable, elle aurait fui à jamais ce palais pour vivre en ermite dans un coin reculé de l'île ; une prédisposition à laquelle le vieux vécu de son âme l'inclinait.

Xanghôr vivait chaque départ de Kilhindrâ – subodorant qu'elle s'empressait de rejoindre son monde merveilleux – comme une glissade dans un sombre gouffre ; une torpeur dont il ne ressortait qu'à son retour. Conscient de sa spécificité, il ne lui reprochait pas son besoin d'autonomie ou sa relative insociabilité. Il s'adressait à elle avec une infinie délicatesse et un invariable respect. De surcroît, répugnant à faire étalage de ses propres états d'âme, il s'interdisait de l'ennuyer et, partant, d'épancher sa passion ; vu qu'il ne la croyait pas concernée par sa pauvre sentimentalité humaine. Toutefois, il craignait que cette dichotomie de leurs façons d'aimer n'en vînt à les éloigner l'un de l'autre. Or, en tant qu'être de lumière, elle ne posait pas un regard hautain sur l'humain. En réalité, son grand besoin de solitude expliquait cette apparente indifférence. D'ailleurs, pour l'instant, elle se trouvait confrontée à la même dualité ego-âme que ses semblables. Si son moi profond l'invitait à se suffire d'une forme d'Amour pur et à ne pas acquiescer aux plaisirs charnels, l'amour de Xanghôr l'émouvait. Elle vivait un étrange dilemme : d'un côté, sa féminité la poussait à consommer du fruit de la volupté et, de l'autre, son âme l'exhortait à garder résolument le cap de la voie sainte. Elle sentait bien que cette relation éprouvait durement l'hypersensibilité du Kzâhr, souffrant de devoir lui imposer cette vie drastique et de ce qu'il la pensait imperméable à sa douleur. Consciente qu'il abritait sa tristesse derrière des paravents de joie, elle lui savait gré de ses efforts pour ne pas ternir l'harmonie entre eux.

La fusion

Le souverain regrettait qu'elle ne rehaussât pas plus encore sa vénusté en portant ces robes qu'Irzham, le talentueux tailleur de Tyzaregh, avait conçues et fabriquées. Il trouvait cependant que le blanc lui seyait à merveille et qu'elle avait l'air d'un magnifique zöryl (*fleur d'une belle blancheur*), vêtue d'une robe en zikjim (*mélange de coton et soie*) ou en tungha blanche (*soie grossière*). Certes, il se serait réjoui de la voir parée des toilettes en tuzah (*soie scintillante*) carmin ou indigo lisérés d'or, en zamish (*soie très légère et très colorée*) avec des brocarts d'or, en soie mordorée, nacarat, d'un vert prasin, cinabarine, violine, smaragdine et autres couleurs lumineuses, en dazhila (*soie de qualité supérieure*) également multicolore. Afin d'agrémenter ces habits, il lui avait offert des thiaz, des alkatz (*semblables au rubis et aux diamants*) montés sur des châssis d'or fin, puis toutes sortes de colliers, bracelets, bagues, boucles d'oreilles très travaillés et sertis d'un akinth, boldith, ëbix, lartz, zikofrast, mëralit, ganix, pheiris, alpëbix, ornhil, rizum (*diverses autres pierres précieuses*), …et autres pierres aux couleurs sublimes. Or, nullement émerveillée, elle lui avait rendu les quatre cassettes avec un beau sourire et sans le moindre commentaire … un geste visant à signifier son rejet de l'apparat. En aucune façon étonné par cette humble inclination, il avait plutôt culpabilisé à cause de cette tentative, en rien malicieuse, de faire d'elle une banale Zheirah et pour avoir tenté maladroitement de l'affriander avec ses richesses. Ainsi il avait ordonné ensuite qu'on décorât l'appartement, qu'il lui avait attribué, avec de grands bouquets de fleurs, essentiellement blanches – zënum et zörylz (*plantes à fleurs très blanches*) –, voire quelques hëlizanthis ou hëlizium (*fleurs jaune-or ou blanches*), comme il avait observé que le jaune ne la rebutait pas. En réalité, il se méprenait en la pensant hostile à ces couleurs dont il aurait aimé l'orner pour la voir briller différemment à chaque instant. La prédilection de cette dernière pour le blanc procédait d'un appel inconscient pour la pureté intérieure.

Elle s'opposa aimablement, mais fermement, à son intention de lui conférer le titre de Zheirah d'Anaphysis. Un reniement des honneurs qui ne le fâcha guère ; car il concordait tout à fait avec sa précédente démonstration de simplicité. Cette fuite ostensible d'une gloriole proprement humaine se heurtait toutefois aux pompeux « Eltidha » (*Altesse*) de sa première servante Elyunë qui aurait eu l'impression de l'injurier en l'appelant par son nom. Alors qu'elle essayait de s'en faire une amie, ne voulant être servie par quiconque, la servante s'évertuait à prévenir avec empressement le moindre de ses désirs. Celle-ci présumait évidemment qu'elle serait bientôt la prochaine Kzâhrah de Kûrhasm. Kilhindrâ n'imaginait pas la force de son ascendant sur autrui. Les rares personnes qui l'avaient approchée évoquaient son allure de grande dame, son charisme, le magnétisme de son regard, sa voix à la surprenante douceur et, forcément, sa beauté. La Cour avait fait savoir au Kzâhr son vif désir de rencontrer cette âme d'élite dont tout Kûrhasm parlait désormais en termes laudatifs. Un encensement qui contrariait évidemment Niëvor ; en effet, il aurait préféré que cette extraordinaire étrangère fût vilipendée et sa chère Ostynhëa adulée. Subodorant que Xanghôr s'apprêtait à l'épouser et à barrer ainsi la route à son ambition, il fit circuler la rumeur d'une invasion de Kûrhasm par un peuple étranger dont cette Kilhindrâ était l'éclaireur et l'informatrice. Il arguait que sa manière de chevaucher sur un cheval de feu correspondait assurément à une caractéristique de ces êtres à la placide apparence, mais à la terrible férocité tout en exhortant à considérer avec responsabilité ce danger et à déjouer au plus tôt le maléfique dessein de cette femme ; une façon de montrer à ces envahisseurs qu'ils n'étaient pas les bienvenus dans leur monde. Le mystère de cette merankhypris (*à la peau basanée cuivrée*) sur Kûrhasm convainquit facilement les kuriahnz. Aussi ne parla-t-on plus bientôt, de Rouhman à Klarighz[27], que de cette espionne venue d'un ancien univers – ravivé par des dieux déchus – pour les

---

[27] Deux villes de Kûrhasm situées pour la première à l'extrême nord et, pour la seconde, à l'extrême sud (voir la carte de Kûrhasm dans l'addenda)

supprimer. Une antique peur renvoyait inconsciemment ces individus à l'époque du dramatique cataclysme survenu avant la recréation et réveillait, en même temps, l'animalité tapie au fond de leurs cœurs.

Désemparé, Xanghôr ne sut d'abord comment calmer cette subite animosité contre sa bien-aimée. Que le machiavélique Niëvor pût galvaniser les meiriahnz, via une révélation aussi spécieuse et insensée, le surprenait. Il déduisit de cette manœuvre du Zheiry que les himotiahnz aspiraient à la suprématie et, partant, à reléguer les miotiahnz au rang de seconde race. Dans un premier temps, il n'envisageait pas d'attiser pareille haine, espérant que son doux peuple finirait par réaliser la perfidie de ces affirmations dont l'objectif consistait à déstabiliser l'Autorité. Il se réfugia plutôt dans la poésie, s'en faisant un élixir parégorique propre à lénifier la souffrance tourmentant son cœur hypersensible.

« Femme lumière d'une exaltante beauté,
Ta peau cuivrée brille d'une subtile luminance.
Serait-il un signe des dieux dans cette singularité ?
Tes yeux d'une couleur sans pareil,
Signaleraient-ils une haute provenance ?
Ta toison d'or semblable à une Liëkzel[28],
Indiquerait-elle qu'un univers ryziakiahn[29]
Dont tu serais le magnifique spécimen,
Ou la souveraine chargée d'un noir dessein,
Convoite la douceur de notre Almizhium[30] ?
Des êtres perfides aux intentions maléfiques
Attendraient-ils l'heure de transmuer Kûrhasm,
D'en faire une géhenne où périraient nos âmes ?

---

[28] Grâce symbolisant la Lumière
[29] De ryziak : une race disparue dans laquelle les individus avaient la peau blanche
[30] Univers paradisiaque ou Arcadie

Ceux qui te prêtent ce projet méphistophélique
N'ont pas eu comme moi la grâce magnifique
De voir cette lumière que ton sein abrite.
De même, ceux qui te font ce procès inique
Ont le cœur maléficié par ce cacique
Qui brigue, depuis longtemps, le titre de kheys (*monarque*).
Mais je laisse volontiers ce trône qui me pèse,
Malgré la promesse faite à mon défunt père
D'accomplir ce devoir auquel les dieux m'ont élu,
Car je ne veux être un Kzâhr souillé par la macule.
Que cette abdication éloigne ce souffle mauvais,
Semblable au vent qui flétrit la nature,
Qui s'ingénie à mettre en péril l'anthèse
D'un bonheur que le Ciel a savamment noué.
Sois sûre, mon amour, que ces sordides menées,
Je pourrais déjouer et le calme ramener.
Le fomentateur requerrait alors mon pardon
Et le peuple de Kûrhasm clamerait mon nom.
Peu m'importe que l'on me dise pusillanime,
Sans toi, je serais un Kzâhr que nulle vie n'anime ».

 Xanghôr récita ces vers d'un style particulier à Kilhindrâ qui le félicita pour sa lyre et pour son aptitude à versifier en toutes occasions. La disparition de la jolie nitescence enduisant habituellement le regard de sa Zheirah préférée l'attristait, même s'il ne méconnaissait guère la raison de cette tristesse. Ainsi la mélancolie de celle qu'il chérissait lui déchirait le cœur. Quoique n'étant pas un adepte de la rancœur, il tempêtait intérieurement contre le diabolique Niëvor ; un sombre personnage qui n'avait pas hésité à dresser le peuple tout entier contre Kilhindrâ dans le but de le discréditer et d'asseoir sa propre notoriété au sein de la Cour. Il s'apprêtait donc à le satisfaire, afin que l'élue de son cœur ne fût plus sur la sellette et qu'elle l'honorât derechef de son lumineux sourire.

La fusion

Il l'avait engagée à ne pas quitter l'enceinte du palais d'Hüzom, le temps d'apaiser les esprits et confiant que nul ne se risquerait à venir l'en déloger. La résidence du Kzâhr demeurait un sanctuaire pour les meiriahnz et, de surcroît, il bénéficiait de l'allégeance du ciapiriat Rëhmiog dont il connaissait l'inaltérable droiture. Car celui-ci l'avait assuré que ses hommes et lui-même protégeraient la future Kzâhrah au péril de leur vie.

Kilhindrâ vivait comme une terrible frustration de ne plus pouvoir s'élancer avec Zhöj, voire chevaucher sur ces chemins où personne ne parviendrait à l'inquiéter. Elle s'en tenait à des promenades dans le vaste ensemble[31] aux longues allées bordées de kyrus (*plantes à belles feuilles persistantes utilisées pour confectionner la couronne du Kzâhr*) et de liorbëa (*plante dont les fleurs ont divers tons de rouge*) ou à une contemplation de l'harmonie chromatique des magnifiques jardins plantés d'üghlenz à fleurs bleues, d'ëthuriz aux couleurs vives, de noghykx à fleurs pourpres, d'hëlizium à fleurs jaunes, de lyaziris à fleurs multicolores, de zörylz à fleurs très blanches, de liotoriz semblables à une pluie d'insectes rouge clair, notamment. Sa capacité à percevoir l'esprit des couleurs incitait une confuse récurrence de sensations enfouies. Le processus d'éveil continuait de s'accomplir lentement jusqu'à ce qu'il fût le moment pour elle de comprendre l'objet de cette expérience au sein de ce monde.

---

[31] Le palais d'une surface de 6900 m² était entouré de 115 hectares comprenant des jardins, des pelouses, des fontaines, un grand lac, environ 12 km d'allées et un dërhom (édifice religieux)

-2-

Le buste fièrement redressé, le Kzâhr arriva sur son ëpalzhi à la robe fauve rougeâtre et protégé par quatre gardes. Il avait effectivement ordonné au ciapiriat Rëhmiog de rester veiller sur Kilhindrâ avec le reste de la zahrasti (*garde personnelle*). Informés que leur souverain revenait à Vighêz, les gens s'étaient déplacés en nombre de tout le Tëtrys et, même, des provinces frontalières. Xanghôr ne comprenait pas l'attitude stratégique des miotiahnz et, donc, leur réserve envers cette animosité himotiahn contre lui ou, pire, contre l'Autorité. Il descendit de cheval et monta sur la petite estrade aménagée pour la circonstance, ayant fait prévenir Nïevor qu'il venait parler au peuple ; mais que cette déclaration le concernait également. Sur la vaste place Hisphas, jouxtant le village de Tyzaregh, une foule compacte attendait impatiemment l'allocution de leur Kzâhr que la musique des rimes faisait en général ressembler à un chant. Le brouhaha de voix rendant tout discours impossible, les gardes donnèrent trois longs coups de buxhiz (*trompette au son aigu*). Main levée, le souverain réclama à son tour le silence. Comme à son habitude, il déclama avec solennité :

> « Nobles, notables et peuple de Kûrhasm !
> Puisque, désormais, vous louez un autre Kzâhr,
> Que vous suivez sa perfide voie,
> Que sa haine votre cœur enflamme,
> Je laisse donc les clés du kzahrum (*territoire de Kûrhasm*)
> À celui en partie assis sur le trône.
>
> Ainsi, j'abdique et place votre sort
> Sous la férule de l'ambitieux Nïevor.
> Mais je crains que Kûrhasm ne dérive,
> Qu'il ne perde son caractère paisible,

Pourtant, un privilège des dieux
Dont mes illustres prédécesseurs
Se sont toujours fait un honneur
De respecter en prenant le zahrohl kzöhr (*sceptre de l'Autorité*).

Je suis donc venu sur ce tertre
Pour vous exhorter au bon sens,
Et à ne pas agir turpidement.
Que n'avez-vous réfléchi
À ces propos sans fondement
Vous induisant à une vilenie,
Un acte dont vous et votre descendance
Devrez assurément racheter la dette.

Croyez-vous vraiment ces sornettes
De ryziakiahnz convoitant Kûrhasm,
Et dont Kilhindrâ serait une espionne
Chargée de les informer sur nos armes,
Puis de sonner l'heure de l'invasion ?

Vous n'imaginez pas sa grandeur,
L'Amour pur qui emplit son âme,
Une âme divine dans un corps de femme.
Vous ne réalisez pas, non plus, le malheur
Qui vous assaillirait si votre main
Accomplissait cet acte belliqueux.

Pour l'éternité, le Dieu dans les Cieux
Vous condamnerait à sombrer dans le Nëbrenz[32].

(*Il marqua une brève pause*)

---

[32] L'Obscur (au-delà de la barrière de la céleste vague)

Peuple dont je connais l'intégrité,
Je sais que vous exécrez l'iniquité
Et que la voie droite vous choisirez !

(*Nouveau petit temps mort*)

Pour l'heure, acclamez votre Kzâhr Nïëvor !
Car je ne veux plus être que le poète Xanghôr ! ».

Les trompettes sonnèrent la fin de la proclamation dont la forme avait ravi la population, les meiriahnz montrant un inconditionnel engouement pour la belle verve poétique de leur monarque. Comme à l'accoutumée, les gouverneurs des provinces feraient entendre celle-ci en tous lieux du territoire. Tandis qu'il descendait de l'étroite estrade, l'importante assistance l'acclama. Certes, le tollé provoqué par son abdication n'était pas de nature à le réjouir. Remontant sur son cheval, il se dirigea au trot vers l'entrée de Tyzaregh et invariablement flanqué de sa féale garde. Jetant un coup d'œil discret vers le rhis Nïëvor, il perçut de la jubilation dans le regard à l'iris marron clair entouré de jaune foncé de celui-ci. Il s'enferma ensuite dans ce qu'il considérait être, pour une nuit encore, ses appartements où il refusa toute audience à ses ministres. Son cœur préférait voler par la pensée vers sa merveilleuse Kilhindrâ.

Avant son retour vers l'Anaphysis, il ne put pourtant éviter un entretien avec les membres du gouvernement qui le pressèrent de revenir sur sa décision tout en lui demandant humblement pardon pour leur apparent suivisme. Ils précisèrent qu'ils n'avaient jamais cautionné cette thèse d'envahisseurs développée par le rhis (*vice-Kzâhr*) et que le faste satrapique de cet himotiahn dérangeait énormément la Cour, voire bon nombre de gens de la même race qui ne voulaient pas, non plus, de la prétentieuse Ostynhëa pour Kzâhrah. De plus, la population ne tenait point ce dernier en estime ... ce que Xanghôr n'ignorait pas.

Aussi espéraient-ils que la connaissance de ces faits et que leur requête l'amèneraient à reconsidérer sa position. Acceptant donc de différer l'entérinement de son abdication, il suggéra au Moshy Hastack, en sa qualité de ministre de la sécurité, de faire procéder à une enquête par les dudziz (*gouverneurs*) au sein de leurs provinces respectives (pour mesurer la réaction de son cher peuple) et de le tenir informé. À présent, il était tiraillé entre ce devoir de Kzâhr, auquel la Cour l'engageait, et son adoration pour Kilhindrâ qui l'induisait à se suffire d'amour et de poésie. Ce bonheur paraissait pourtant s'ingénier à le fuir. Parfois, il rêvait de s'envoler vers cet univers de béatitude et d'harmonie que les passions ne viennent point corrompre.

-3-

Le changement d'attitude de Kilhindrâ ravit Xanghôr, même si l'anxiété persisterait jusqu'à ce qu'elle lui confirmât sa décision de demeurer pour toujours à son côté. Qu'elle ne fût pas encore sienne ne le rendait point morose. Il admettait qu'une sainte âme éprouvât l'envie de se détourner de l'amour charnel. Fasciné par l'être de cette dernière, le sien freinait en vérité le désir de son ego de séduire la femme. Partant, ses deux moi tentaient, à tour de rôle, de prendre l'ascendant ; car celui tourné vers le spirituel pressentait le chemin vers lequel cette belle lumière avait le devoir de le mener et comprenait, de ce fait, cette austérité ; contrairement à celui tourné vers le charnel qui s'efforçait d'exacerber le prosaïque besoin d'une complicité sensuelle. En dépit de ce tiraillement, Xanghôr essayait d'offrir à Kilhindrâ le meilleur de lui-même et une vie harmonieuse, quitte à faire figure de céladon. Privilégiant, en outre, les désirs de l'âme, il n'en viendrait pas à forcer les événements voire à flétrir la pureté de cette femme via un bas plaisir. Il se faisait même un devoir de l'en préserver.

Le Moshy Hastack rallia Stiarâk, en vue de rendre compte au souverain du résultat de l'enquête effectuée par les dudziz (*gouverneurs provinciaux*).

- Eld Zhiaki, j'ai convoqué les onze dudziz à Vighêz qui m'ont confirmé, à part deux, ce que je pensais, à savoir que les meiriahnz ont une piètre image du rhis et qu'ils ne le considéreront jamais comme leur Kzâhr. Car ils craignent qu'il n'installe un pouvoir despotique. Vous êtes le souverain de droit divin qui tient le zahrohl kzöhr (*sceptre de l'Autorité*) du vénéré Vighêz ... un monarque aujourd'hui déifié. Ainsi nul n'a le désir de vous voir renier votre charge et nous considérons tous que votre devoir de miotiahn est d'honorer cette grâce de Kâmios. Je peux vous dire aujourd'hui pourquoi les miotiahnz (*pluriel de miotiahn*) ont fait la sourde oreille, Kagîz. Ils espéraient que la manœuvre du rhis vous ferait vous élever contre sa morgue et le destituer. Maintenant, nous nous alarmons de votre décision et nous ne pouvons accepter que cet arrogant s'installe sur le trône. Il s'octroierait le droit de bouleverser l'ordre de cet univers que le Très Haut a sagement placé sous la protection des miotiahnz.

- Qui sont les deux dudzis favorables au Zheiry Niëvor ?
- Abheng du Phrangys et Costiak de l'Obëxan (*noms de deux provinces, voir les cartes dans l'addenda*).
- Je ne suis pas étonné que l'himotiahn Abheng se tourne vers Niëvor qui est son Zheiry (*noble le plus élevé au sein d'une province*). Certes, Costiak est également himotiahn... quel est ton avis sur lui ?
- C'est un opportuniste, Kagîz, et qui espère que le rhis lui confiera une charge importante au Zahrkëlyum (*Palais du Kzâhr*). Ceci dit, ces tristes personnages n'ont parlé qu'en leur nom. Puisque les populations de ces deux provinces vous sont totalement acquises.
- Que dit la Cour au sujet de Kilhindrâ ?
- Plus personne n'évoque cette rumeur d'envahisseurs. Tous ont compris qu'il s'agit d'une stupidité propagée par le Zheiry Niëvor pour monter le peuple contre elle et affaiblir votre autorité. Les nobles miotiahnz et un certain nombre d'himotiahnz m'ont chargé de vous dire que vous êtes et resterez à jamais notre Kzâhr (il posa un genou à terre) et qu'ils aimeront leur Kzâhrah Kilhindrâ si tel est votre choix. Quoique, en l'occurrence, votre lignée ne serait plus tout à fait de race miothy[33]. Nous ne doutons pas cependant qu'en souverain avisé vous œuvrerez pour le bien de l'univers de Kûrhasm.

---

[33] La coutume imposait normalement au Kzâhr (lequel était toujours de race miothy) d'épouser une femme de cette même race afin de perpétuer la tradition

- Lève-toi, moshy Hastack. Je te remercie pour ton rapport et j'ai bien entendu ta requête.

- Que me permettez-vous de faire savoir à la Cour, Kagîz ? Elle attend fébrilement mon retour et votre décision définitive, notamment le Zheiry Zasten qui, comme vous ne l'ignorez pas, a pour rôle de la faire entériner sur les terkhalkum de la Couronne (*tablettes d'argile sur lesquelles étaient gravées les écrits officiels*).

- Que je réfléchis et ... que je donnerai moi-même ma réponse lors de ma prochaine venue à Vighêz.

- Zyâr, nous aimerions tant vous avoir à nouveau auprès de nous à Tyzaregh.

Le cœur hypersensible du Kzâhr fut touché par l'ombre de la tristesse dans l'iris gris sur une cornée jaune clair du dazir (*ministre*) (une spécificité miotiahn).

- Paix en toi, Moshy Hastack, souhaita-t-il.

- Paix en vous, Grand Kzâhr, répondit ce dernier en se courbant légèrement.

Après le départ du ministre de la sécurité, Xanghôr se trouvait à nouveau partagé entre sa charge de monarque et son désir d'une vie paisible avec Kilhindrâ. À la lumière des récents événements, il ne l'imaginait plus consentant à s'asseoir sur le trône à son côté. Nul doute, pourtant, que tous l'aduleraient. Il se réjouissait de l'échec du stratagème de Niëvor et, partant, de l'apaisement de cette stupide agressivité envers sa bien-aimée. Il lui annonça la bonne nouvelle tout en subodorant qu'elle allait s'empresser de reprendre ses chevauchées aériennes et qu'il ne la verrait plus que le soir ou plus rarement encore. Si cette perspective rendait son humeur chagrine, il s'arrangeait pour faire bonne figure. Il profitait même de ces doux moments ... au cas où ce seraient les derniers.

Kilhindrâ ne repartit pas dans ses solitaires promenades avec son Zhöj chéri. Il déduisit donc de ce changement qu'elle aspirait à goûter un peu de bonheur en sa compagnie. Désormais, elle écoutait sa lyre en flânant dans l'immense parc du palais ou tranquillement assise à côté de lui. Il aimait leurs longs silences, espérant que l'amour en profitait pour tracer une voie sublime dans le cœur de sa tendre dulcinée et qu'il y deviendrait, un jour, inaltérable. Pourquoi le destin ne les faisait-il pas jouir ensemble d'une bienheureuse félicité au sein de cette dimension qu'elle portait en elle ? Divine souveraine, il se suffirait d'être son modeste sigisbée.

Il se rendit derechef à Tyzaregh pour informer la Cour qu'il décidait de conserver la charge de Kzâhr, mais qu'il résiderait dorénavant à Stiarâk. Il décréta qu'il entendait gouverner de cette manière, mais que l'exécutif continuerait d'être assuré par le rhis depuis le Zahrkëlyum (*Palais de l'Autorité*). Il destitua Niëvor de sa fonction et lui enjoignit de rapatrier son Phrangys natal en compagnie de tous les membres de sa famille. Par cette avanie, il condamnait le machiavélique Zheiry himotiahn à la honte, escomptant que la rage le ferait mourir. Ainsi il commanda au lëgiat Manghät (*grand coordonnateur*) de faire savoir à Ughâr, le dudzi (*gouverneur*) du Tërasthan, sa nomination à la haute charge de rhis et l'obligation de rejoindre sur-le-champ le Palais de Tyzaregh avec les siens. Ayant eu à apprécier son intelligence et son charisme – son intégrité morale étant un attribut naturel de son origine miotiahn –, Xanghôr n'aurait plus à supporter une sourde animosité ou, pire, à redouter de sournoises menées. Cette désignation rétablissait, par ailleurs, la tradition raciale par laquelle le rhis devait être de race miothy.

Il attendit une vingtaine de jours l'arrivée d'Ughâr, afin de l'introniser officiellement. De voir enfin sur le visage de son adjoint une vraie sincérité le réjouit. Concernant la belle modestie de celui-ci, il y reconnut l'apanage d'une grande âme. Comme tous deux partageaient une passion identique pour la culture et les arts, ils s'accordèrent sur la nécessité de mieux promouvoir encore ces domaines sur Kûrhasm. Beau spécimen miotiahn (*2,30 m, 130 kg*) – cheveux roux foncé et regard marine sur une cornée jaune clair –, Ughâr s'annonçait déjà comme un futur talentueux rhis et, de surcroît, un fin diplomate qui saurait sans aucun doute s'attirer la considération des kuriahnz (*habitants de Kûrhasm*) et instaurer une fructueuse concorde.

De retour à Stiarâk, Xanghôr proposa à Kilhindrâ un petit périple en Anaphysis ; une initiative qui l'enchanta. À dos de son magnifique ëpalzhi, il chevauchait tranquillement à côté d'elle tout en présumant que le superbe étalon blanc de cette dernière devait s'ennuyer et préférer les chemins célestes à cette paisible balade. Protégés par la zahrasti, Rëhmiog en tête, lesquels suivaient à une cinquantaine de mètres environ, ils longèrent les côtes jusqu'à Hushefodt (*voir les lieux de cette page sur la carte de l'Anaphysis dans l'addenda*) où ils bifurquèrent vers le mont Eghëvaht qu'ils grimpèrent en partie par des sentiers cailouteux et, parfois, fortement pentus. Xanghôr narra à Kilhindrâ comment il avait été transcendé au faîte du Mont Moragh, alors qu'il lui chantait « l'appel de l'âme destinée ». À l'évocation de sa vision d'une femme sur un cheval blanc, un fait éminemment prémonitoire, elle sourit et regarda longuement ensuite le ciel d'un bleu profond que Phëliz (*dieu du jour*) inondait souverainement. Il en profita pour contempler ses yeux pers magnifiés par la réverbération de l'immuable astre. Après cet instant de joie intérieure, ils remontèrent en direction de l'impétueux Louclam, puis, par les vertes vallées et les chemins boisés aux bonnes odeurs de terre humide, entre les cultures renvoyant d'exquises exhalaisons.

Ils prirent ensuite la direction du sud-ouest de la région en louant les riches couleurs de la flore. Au terme d'une chevauchée de trente jours, dormant à la belle étoile – la sensation de ce mois venish (*un des deux mois les plus chauds de l'année*) étant entre cinq et six (*28° Celsius environ*) –, pendant qu'un vazkals (*cheval robuste utilisé dans les travaux agricoles*) tirait une charrette contenant des tentes ainsi que le matériel nécessaire en vue de dresser des campements sommaires, des vêtements et de la nourriture en quantité suffisante pour un long voyage, ils arrivèrent à Jublingham où le souverain ordonna à la zahrasti d'attendre patiemment qu'ils revinssent. Il vola donc avec Kilhindrâ à dos de Zhöj vers la côte de Qhorzöm, moment exceptionnel qui le ramenait à ce fameux jour de leur rencontre au sein d'une dimension fantastique. De là, ils nagèrent dans le plus simple appareil jusqu'au lagon d'Öhzlin ; un petit atoll au large de l'océan gaizöhl. De retour sur la plage, Xanghôr s'emplit le regard du corps splendide de Kilhindrâ qui ne montra pas la moindre gêne envers cette mutuelle nudité. Elle resta même, un long moment, étendue sur le sable et les yeux clos, à se nourrir du glorieux rayonnement de Phëliz. Quant à lui, il se sécha le corps en marchant dans les vagues mourantes tout en luttant contre son instinct de mâle et une envie quasi insoutenable de l'aimer physiquement. Il ne la soupçonnait pas toutefois d'avoir le cœur animé par un désir subit de volupté et, ainsi, de chercher à provoquer sa virilité. Ne lui avait-elle pas donné à voir combien l'absolue pureté de sa nature profonde ne la portait guère à savourer les délices de la chair ? Il ignorait qu'elle menait, semblablement à lui, un combat intérieur, que son ego attisait sa libido pendant que son âme l'obligeait au respect d'une sainte disposition. Quand elle lui parla de sa retraite dans le Philistrath, où elle avait passé le plus clair de son temps, il s'abstint d'aborder la question des ésotériques chevauchées de cette dernière, tant ce souvenir lui serrait péniblement le cœur. Par contre, il critiqua gentiment le caractère spartiate de cette province minuscule. De son côté, elle se contenta d'en vanter la fantastique luminosité ... consciente du hiatus séparant leurs façons de percevoir l'environnement. Aussi ne le blâmait-elle point de ne pas savoir percer l'essence des choses. Elle ne s'enorgueillissait guère de sa propre extrasensorialité. Ils passèrent la nuit, allongés sur la plage où il poétisa la lueur de la lune brillantant la mer ainsi que les splendeurs cachées de la voûte céleste. Il n'avait pas conscience de rechercher l'aide de sa mystique Zheirah au niveau de ces mystères inaccessibles par les sens objectifs.

« Qu'est-il en cette myriade dans le ciel[34] ?
Mille univers par le Haut Kâmios bénis,
Vers Kûrhasm, mille regards des miosiz (*dieux*) ?
Veille-t-il sur la destinée de ce monde,
Depuis l'étoile au beau scintillement (*étoile Polaire*) ?
S'y étant établi dans un somptueux këlyum (*palais*)
Au portail duquel le chant de Navexak (*gardien des Cieux*)
Évite aux âmes de choir dans le thernak (*enfer*),
Celles méritant les Cieux évidemment.
Sont-ce là mille lumières et mille xharm (*néant*) ?
Un infini avec mille autres Kûrhasm ?
Un incommensurable de vie et de rien ?
Où les ténèbres côtoient la lumière ?
Où le mal cohabite avec le bien ?
Un abîme glacial pour les âmes corrompues ?
Un merveilleux jardin pour les êtres élus ? ».

Kilhindrâ se délecta de cette musique des mots et des rimes. Son être intérieur lui soufflait cependant que l'au-delà de cette constellation ne ressemblait aucunement à la poétique vision de Xanghôr.

Au matin, ils retrouvèrent Rëhmiog et la zahrasti, qui ne commenta pas son anxieuse attente. Le visage inquiet de ce dernier n'échappa point à la fine sensibilité du Kzâhr. Ils montèrent ensuite les grandes falaises de Zöeld, scrutant le thälabak (*bouclier d'eau*) au loin et le mythique cirkërathom (*barrière*

---

[34] Les religieux avaient déifié les étoiles identifiées par les hommes de science

de la céleste vague), un rempart qui semblait s'élever au plus haut dans le ciel afin que les habitants de Kûrhasm ne pussent voir l'univers au-delà. Il n'osa lui confier qu'il aimerait qu'Olfan (*dieu des airs*) les emportât tous deux au faîte de cet empyrée où il n'aurait plus à craindre de la perdre. Kilhindrâ avait capté sa pensée intime, souffrant de ce bonheur qu'il convoitait et qu'elle ne pouvait combler. Ils traversèrent le Fahj au pont Trays, flânèrent dans le bois de Rëmion dans lequel elle lui commenta à nouveau ces exquises beautés qu'il n'appréhendait que superficiellement – se sentant induite à dévoiler plus encore sa véritable nature –, baguenaudèrent autour du lac d'Hukos et s'élancèrent joyeusement sur la plaine au galop. Tandis que Zhöj feignait de prendre ces voies que l'ëpalzhi de Xanghôr, avec sa meilleure volonté, n'aurait pu emprunter, Kilhindrâ s'employait à calmer les envies de prouesses de sa monture férue de magie et au tempérament joueur. La course de huit kilomètres environ à vive allure vers Stiarâk épuisa le pur-sang du Kzâhr, pourtant une race de puissants coursiers. Sa monture maudissait-elle ce congénère fougueux et sans cesse en quête de prodiges ?

-4-

D'une nature douce, Kilhindrâ ne cherchait pas à résister à la force qui l'aiguillonnait subtilement. Elle ne se rendait pas vraiment compte qu'un affrontement avait lieu entre ses deux moi, l'un s'efforçant de l'amener à faire ce que l'autre réprouvait. Les moments forts de son voyage avec Xanghôr lui revenaient à l'esprit, parallèlement à leurs instants exquisément complices. Elle repensait avec tendresse à la merveilleuse maîtrise de ce Kzâhr très séduisant et hypersensible tout en louant sa retenue et en le remerciant de n'avoir pas entaché cet amour platonique. Elle ne lui confessa pas cependant qu'elle se trouvait, de même, forcée de canaliser la pulsion qui l'incitait à considérer cette relation d'un œil moins restrictif. Inclination de l'ego qui revendiquait le droit de vivre les joies de l'incarnation et qui tentait de reléguer, partant, l'aspiration de l'âme à une existence austère.

À l'instar de Lotëzio (*dieu du désir*) s'éprenant de Somizha (*déesse de la vertu*), Xanghôr continuait d'aimer Kilhindrâ sans jamais tenter le moindre rapprochement physique. S'il n'avait pas son élévation intérieure, il possédait suffisamment de finesse d'esprit pour pressentir sa grande âme. Lui vouant un amour dépassant le cadre humain, il préférait souffrir en silence que de la faire tomber dans les rets du mal. Partant, il s'en tenait à cultiver une harmonie intérieure avec elle. Une forme de relation qu'il aurait trouvée jadis absurde entre deux êtres de sexe opposé, mais qui lui paraissait appartenir à une nécessité. Il vivait désormais dans la crainte d'un insupportable abandon, craignant que sa bien-aimée ne disparût brusquement un matin et qu'elle ne le plaçât ainsi face à l'évidence d'un impossible amour. Le souvenir de la douleur du précédent départ lui ôtait, d'avance, toute envie d'exister. Il prenait sur lui pour qu'elle ne devinât pas ce rongeant tourment qu'il entretenait au fond de lui, vu qu'il ignorait qu'elle perçait aisément ses états d'âme. À l'heure où elle rejoignait ses appartements, il partait s'enfermer dans la poésie. Par ces vers, il continuait de communier avec elle et de l'aduler.

« La belle nitescence dans tes yeux pers,
Est-elle la porte d'un univers
Où brille une munificente lumière ?
De même, ta splendide yliem[35] d'or,
Pareille à un champ d'hëlizium (*fleur jaune-or*),
N'est-elle pas le reflet de ce monde
Où un éternel Phëliz rayonne ?
Tu es sûrement Kzâhrah en ce kzahrum (*univers*),
Une âme siégeant sur un sublime trône,
La tête laurée d'un diadème versicolore,
Ou ornée d'une somptueuse couronne
Sertie de pierres précieuses omnicolores.
Tu y es peut-être une déesse vénérée,
Drapée d'une robe en soie mordorée
Ou en dazhila (*soie supérieure*) d'un blanc immaculé.

Vois combien mon cœur t'idéalise,
T'élève sur une céleste cime,
Car j'ai l'intuition qu'en ton âme,
Un dieu a déposé une flamme
Ou plutôt a insufflé une essence,
Dont il surveille sans cesse la brillance.

Je pressens qu'en toi est une autorité,
Que la mienne ne peut, certes, égaler,
Même si dans ce monde terraqué,
Tu n'es qu'une étrange allochtone,
Cheveux blonds et peau cuivrée,

---

[35] Chevelure opulente

Qui monte de surcroît en amazone,
Un cheval blanc porté par Olfan (*dieu des airs*).

Puisque mon âme a reconnu la tienne,
Déjà au temps de tes prodiges éoliens,
Alors que tu te rendais imaginaire,
Il est indubitablement un dessein
Auquel nous ne saurions nous soustraire.
Quand tu t'éloignes, mon cœur s'éteint !
Comme la nature lorsque la froidure vient
Et qui sombre dans un sommeil hiémal,
Celui-ci semble dénué d'énergie vitale.
Mais dès que ta lumière le nourrit,
Comme la plante à l'époque vernale
Qui refleurit, puis s'épanouit,
Il paraît se réveiller à la vie.

Si ton dieu te ramène dans son Ciel,
Ne me laisse pas agoniser sur Kûrhasm,
Prie-le de faire tomber sa divine lame
Sur le fil d'argent liant au corps mon âme,
Puis d'unir nos êtres dans un amour éternel ».

Xanghôr remerciait humblement Anthënoâ (*déesse de la pensée et des arts*) de le gratifier de cette substance spirituelle, conscient que cette richesse ne pouvait émaner de son pauvre esprit. Tout en remontant la longue allée bordée de majestueux ucarhaz (*arbre très haut et à l'écorce rougeâtre*), il récita sa lyre à Kilhindrâ. Quant à la présence d'un couple d'ermiz (*oiseaux de petite taille au plumage jaune, vert et blanc*) picorant nerveusement la terre non loin de leurs pieds, elle lui fut un joli signe. Ils s'assirent ensuite sur un banc en barenha vernissé (*très beau bois résistant qui prend la teinte de l'acajou en vieillissant*), disposé entre deux imposants ëlkaolz (*conifères au tronc imposant et pouvant atteindre 100 mètres de haut*), où Kilhindrâ voulut réentendre cet émouvant poème.

Dissimulant à peine son bonheur, Xanghôr s'exécuta ; puis il essuya avec infiniment de délicatesse les deux frêles larmes perlant sur les joues de sa bien-aimée comme il le ferait de la rosée du matin sur de fragiles pétales d'askhëliz (*grandes fleurs ayant une forme étoilée et une couleur blanche ou jaune*). Un bouleversant émoi dans lequel il perçut la douce promesse d'un amour fleurissant. Peu lui importait que celui-ci ne fût pas terrestre, pourvu qu'elle l'aimât. Il alla cueillir un bouquet de fleurs de kyrus (*plantes à belles feuilles persistantes utilisées pour la couronne du Kzâhr*), une plante particulièrement odoriférante, présumant que l'âme de cette femme recelait une lumière de même blancheur. Tout en le lui offrant, il précisa que la feuille de cet arbuste symbolisait l'amour et la gloire.

Après une paisible chevauchée entre le lac d'Hukos et la forêt d'Arenz (*voir ces lieux sur la carte dans l'addenda*), où le Kzâhr enjoignit derechef à sa garde de l'attendre, ils s'arrêtèrent aux calanques de Ghizig pour rêvasser, assis sur un des rochers surplombant le thälabak. Xanghôr considérait d'un œil passif le cirkërathom (*barrière de la céleste vague*) qui traçait une ligne dansante sur le ciel, sa fertile imagination sans cesse en éveil l'invitant à l'étrange vision d'un almicantarat. Dans ce contexte, les skaoutz[36] et les phökrax[37], planant en désordre au-dessus de l'eau, firent figure de choses volantes au bizarroïde plumage. Quant à Kilhindrâ, elle admirait les lumières : moires, reflets, bluettes, scintillations, brasillements ainsi que le parhélie sur la coupole azurée au-dessus de l'océan. N'ayant pas pleinement conscience de sa vraie nature, elle ne s'interrogeait pas au sujet de cette inclination ni de ce besoin constant de lumière.

---

[36] Oiseau de taille moyenne avec un bec important et un plumage aux diverses nuances de blanc et de gris (qui vole au-dessus de la mer)
[37] Oiseau d'assez grande taille avec un corps vert et noir, un cou bleu nuit, une tête marron vert et un long bec jaune au bout arqué (qui se nourrit de poissons et d'anguilles)

La tombée du jour approchant, elle se mit à craindre la subtile agression des mauvais génies. D'habitude, persuadée que Zhöj savait éloigner leurs sournoises attaques, elle s'abritait derrière lui. Aussi se blottit-elle instinctivement contre le corps robuste de Xanghôr qui la serra dans ses bras et oublia son secret engagement de la préserver de la souillure d'un plaisir ordinaire. Constatant qu'elle acquiesçait à cet élan, il l'entraîna sur la plage de sable fin. Là, Kilhindrâ laissa le tourbillon torride de la passion dominer son corps. Une douleur lui déchira le ventre qui fusionna aussitôt avec une grisante sensation de jouissance. Elle avait l'impression de regarder l'autre elle-même en train de se délecter de cette véhémente possession. Dès lors, ses deux natures s'affrontèrent, l'une la poussant à jouir du bienfait de cette volupté et l'autre s'alarmant de cette chute dans les ténèbres de la concupiscence. Soudain, elle entendit un lointain et pathétique hennissement.

L'effrayant hurlement de Zhöj, semblable à un avertissement, avait fendu l'air de part en part, puis glacé le sang de Xanghôr. Une voix métallique ordonna, de surcroît, à l'âme de Kilhindrâ de se révolter contre cette insane soumission à l'instinct primaire de l'ego.

Chapitre 8

L'épreuve

-1-

Telle une damnée et pleurant à chaudes larmes, Kilhindrâ partit en courant tout en appelant Zhöj qui s'était subitement volatilisé à l'instant où elle perdait sa virginité et, simultanément, sa pureté. En proie à la peur d'une condamnation, bien que n'étant pas tout à fait éveillée à sa haute condition sur Ziowêa, elle entendait encore résonner dans sa tête la voix et les paroles étranges survenues au terme de sa sensuelle effusion : « Iheo, voici venue l'heure de l'accomplissement ». Son esprit trop embrouillé ne parvenait guère à discerner la vérité au-delà de cette situation. Aussi l'interprétait-elle comme une chute, toujours ignorante de la raison de sa manifestation sur Kûrhasm et ne se doutant pas, non plus, qu'en cette panique était un dessein hautement orchestré.

Xanghôr dut attendre que son cheval revînt de sa course endiablée après que le lugubre cri de Zhöj l'eût apeuré. Il rattrapa Kilhindrâ qu'il fît monter énergiquement en croupe. Si ces manières tudesques le désolaient, l'incompréhensible effroi de cette dernière l'y contraignait. Entourés de la zahrasti qui ne cherchait plus à comprendre les bizarreries du monarque, tous deux arrivèrent au château d'Hüzom où elle rejoignit ses appartements sans mot dire, l'abandonnant aux affres de l'anxiété et du désarroi. Il repensait à leur complicité face à l'océan, à la magnifique union de leurs corps, à ce rêve enfin devenu réalité, puis à l'affreux cauchemar sous l'emprise d'une démoniaque impulsion. Car il ne saisissait pas le pourquoi de cette fuite de Kilhindrâ après un bel élan et un commencement de communion. Ce faisant, elle avait privé leurs êtres du bonheur de l'osmose. Néanmoins, puisqu'elle lui avait offert l'opportunité de s'emplir de sensuels effluves, il n'envisageait pas de continuer cette morne relation platonique et, partant, de vivre dans une simple intimité d'esprit avec elle. La désirant charnellement, il nourrissait l'espoir que ce fougueux échange ne la laisserait plus en repos et qu'elle renierait son idéal de sainteté. Il se refusait à considérer sa pureté d'âme, de peur sans doute de ne pas savoir résister au magnétisme de cette majesté. Vu le consentement de cette dernière à la joie du corps, il n'estimait plus nécessaire de culpabiliser. Cet événement n'étant pas, en outre, le fait de sa propre volonté, il se sentait enclin à prendre ce changement pour une évolution vers l'inéluctable destin de leur union. Par conséquent, il comptait la convaincre de la grandeur de cette association écrite par les dieux et de ne plus regarder cette réalité comme un coup du sort. Chaque miotinha (*femme de race miothy*) de Kûrhasm désirerait bénéficier des faveurs du Kzâhr et qu'il fît d'elle la Kzâhrah de cet univers. Tout en essayant de trouver le sommeil, il souffrait de devoir dormir loin d'elle. Il priait Sotham (*dieu de l'amour*) d'éclairer le cœur de Kilhindrâ pour qu'elle en vînt à ressentir en son âme le besoin d'un sublime bien-être avec lui. Elle pourrait alors puiser un élixir guérisseur dans le giron de son amour.

- Zyâr, veuillez pardonner cette intrusion matinale dans votre chambre, mais …
- Je t'en prie, Klephir. Que se passe-t-il ?
- Zyâr, Monsieur le ciapiriat de la zahrasti dit avoir une communication urgente à vous faire.
- Prie-le d'entrer.

Rëhmiog arriva de son pas décidé et salua militairement le Kzâhr.

- Eld Zhiaki, dit-il dans sa pose figée, les deux gardes de service ont vu la Zheirah Kilhindrâ partir au galop et avec un

autre animal que son cheval blanc. Ils sont formels, mais … d'ailleurs, il manque un keskhal dans les écuries.
- Qui donc lui a sellé ce keskhal ?
- Elle a pris une selle des écuries et a fait ça elle-même, Kagîz. Aucun de mes hommes ne l'aurait fait sans …
- Ont-ils essayé de la poursuivre au moins et de la ramener au palais ? Interrompit le Kzâhr.
- Avec tout mon respect, Kagîz, vous ne nous aviez pas donné de consigne particulière.
- C'est bon, Rëhmiog, tu peux disposer, rétorqua le Kzâhr d'un ton agacé.
- Paix en vous, Elk Kzâhr (*Grand Kzâhr*).
- Paix en toi, dirh ciapiriat.
- À propos, Rëhmiog !
- À vos ordres, Zyâr !
- À quelle heure tes hommes l'ont-ils aperçue ?
- Le jour venait tout juste de se lever, Kagîz.

Ce nouveau départ impromptu de Kilhindrâ l'atterra, même s'il n'envisageait pas de se lancer à sa poursuite et de la contraindre *manu militari* à réintégrer leur petit domaine, puis de l'y séquestrer. Leur complicité d'un moment ne l'autorisait pas à s'arroger un quelconque pouvoir sur elle, malgré son statut de puissant Kzâhr de ce monde. Il trouva préférable de temporiser. Probablement, avait-elle agi sous le coup d'une lubie et en arriverait-elle rapidement à privilégier le confort ouaté du palais à une vie vagabonde. Il tentait de se rassurer tout en craignant qu'il n'y eût pas le moindre caprice derrière cette nouvelle fugue, mais le symptôme d'un indéfectible rejet de tout rapprochement physique entre eux. Le souvenir de la précédente fuite fit remonter celui de la douleur paroxysmique qu'il avait alors éprouvée. Il se refusait toutefois à admettre l'idée d'un départ définitif, conscient de son incapacité à vivre loin désormais de cette femme à nulle autre pareille. Au fil de son ressassement, il lui apparaissait que ce type d'amour la lasserait et qu'une vie de

Kzâhrah entre le village de Tyzaregh et Stiarâk ne l'épanouirait guère. Cette existence, que toute autre jugerait féerique, semblerait trop prosaïque à cette femme éprise d'extraordinaire, de céleste même. Étant donné sa répulsion de l'ostentation, elle mettrait à l'index le luxe de la Cour et endurerait difficilement l'inévitable papelardise et autre hypocrisie. Il soutiendrait ses exécrations, comme il n'était pas un adepte de la superficialité et des manières doucereuses. Reviendrait-elle, par conséquent, avec une disposition d'esprit constructive, il abdiquerait pour de bon cette fois et il lui proposerait de devenir l'humble épouse d'un Zheiry poète.

Les jours passant, et bien qu'elle ne réapparaissait pas, il ne se résolvait point à l'évident constat d'une irréversible séparation. En désespoir de cause, il voulait croire qu'elle parcourait Kûrhasm à la recherche de Zhöj ; puis qu'elle le surprendrait par un retour plus insolite encore que la fois dernière. Il préférait imaginer que la perte de ce compagnon, auquel elle vouait une affection exagérée, constituait le vrai motif de son chagrin et de cet acte irréfléchi. Il se persuadait, enfin, qu'elle cogitait au fond de sa retraite et qu'elle en arriverait à admettre que la brève union de leurs corps ne l'avait pas tant souillée. Elle en verrait même la beauté, puisque celle-ci avait eu lieu dans l'écrin d'un amour authentique. Il lui dédia un chant, sa façon à lui de l'appeler et d'exalter l'espérance.

« Crains-tu qu'un élan irréfléchi,
Un désir par ton corps assouvi,
Ne destine ton âme au tarkhëniom (*fleuve des enfers*) ?
Pourquoi cette frayeur ma douce Zheirah ?
Certes, sauf une mystérieuse alchimie
Ou un miracle du Haut Miosi (*Dieu*),
Tu n'existerais pas en ce monde,
Puisqu'il n'est plus ici de mëzinha (*femme à la peau métissée*)
Dont tu puisses être la descendante.

De même, quelle occulte raison
T'induit à fuir ainsi ma passion ?
Que ne me révèles-tu ton secret,
Le motif de cette incompatibilité
Avec une vie heureuse à mon côté !
Aspires-tu à une autre autorité
Que celle dont je t'offre l'opportunité
De te vêtir en devenant Kzâhrah ?
Dans ce cas, cette élévation ici-bas
Ne saurait combler ton espérance
D'une sublime et prestigieuse éminence.

De ton port émane une grande majesté,
D'une intense lumière ton âme semble instillée !
Que ne t'a-t-on tracé un destin humain
Qui te donne le droit d'aimer sans crainte,
Comme tu parais croire que nos ébats charnels
Te condamneraient à une disgrâce dans le Ciel !

T'étant donnée avec un amour sincère
Et n'ayant pas trouvé du plaisir dans la chair,
Mais ayant poursuivi l'indicible extase
De la subtile communion de l'âme,
Tu n'as pu maculer à perpétuité
Cette pureté dont ton Dieu t'a dotée.
Accepte cet amour que nos âmes ont reconnu,
Ce destin gravé sur les terkhalkz des Cieux !
Ne renie pas l'union que les dieux ont voulue !
Mon cœur souffrant nourrit désormais le vœu
Que le tien connaisse la douce obsession
Du désir de retrouver les tendres effluves,
De brèves et délicieuses sensations ».

.

-2-

Après une chevauchée de deux semaines, Kilhindrâ s'isola derrière les falaises de Mëshai (*voir ce lieu sur la carte de l'Anaphysis dans l'addenda*). Un lieu vers lequel son être intérieur l'avait dirigée, vu qu'elle n'aurait su retrouver le chemin de sa petite retraite du Philistrath sans son divin Zhöj. Cet endroit ne ressemblait en rien au paradis de lumière qui l'avait naguère baignée d'une essence à laquelle son extrasensorialité permit l'accès. Elle ne se sentait plus, cependant, dans la même disposition spirituelle depuis son consentement au plaisir du corps. Son séjour dans le cadre privilégié du palais d'Hüzom avait-il concouru à cette altération, en dépit de son indifférence envers le confort doré de celui-ci ? Cette soudaine incapacité à percevoir la subtilité de l'environnement l'attristait profondément. Privée de la possibilité d'en percer l'infime, elle ne pouvait plus en contempler la quiddité et elle se trouvait donc réduite à ne voir que l'apparence en tout. La dégradation de ses sens intérieurs la rendait pleinement consciente de la faveur que fût la grâce de sa perception du subtil. Le manque de cette prérogative accroissait son abattement et l'éveillait aussi à la réalité d'une puissance invisible sanctionnant ses fautes. Elle déplorait l'injustice de cette sanction, ne s'étant point complu dans une insane satisfaction des sens, mais ayant souscrit à la découverte d'un bonheur auquel ceux-ci aspiraient. Elle admettait l'effet désastreux de cet égarement sur la pureté de son cœur et regrettait sincèrement de n'avoir pas su réprimer ce désir pour un irrésistible Kzâhr. Jusqu'à cet imprévisible jour, son âme avait pourtant vaillamment lutté contre l'abandon charnel auquel son ego avait plusieurs fois voulu adhérer. Xanghôr étant un homme d'une grande beauté et d'une adorable sensibilité, il n'avait pas toujours été simple de refuser un moment de bien-être physique avec lui.

L'épreuve

Incapable encore de déceler la vérité au-delà de cet événement, Kilhindrâ ne voyait pas qu'elle venait d'accomplir un passage nécessaire. Elle n'avait pas souvenance de cette expérience à laquelle Ciômaz la soumettait sur Kûrhasm, afin de l'élever à son haut statut sur Ziowêa. Cette période douloureuse appartenait à un plan précis comme sa crainte du Tout-Puissant que son acte avec Xanghôr avait servi à exacerber. Les faits cruciaux de son existence en ce monde étaient minutieusement orchestrés en fonction des marches à gravir jusqu'au sommet sublime. Mais il importait qu'elle découvrît par elle-même le sens de cette épreuve, un impératif pour avancer vers la porte décisive où sa mission lui serait révélée.

Finalement, son intuition la guida vers le Philistrath où elle retrouva l'infinie délectation de ses bains dans l'exceptionnelle lumière de cette province. Elle y guettait à chaque instant le retour de Zhöj, talentueux comédien qui n'égayerait plus ses moments de spleen. Ce nouvel abandon la consternait et la simultanéité de cette disparition avec l'instant fusionnel la mettait sur la voie d'une symbolique dont il semblait être la représentation. En tout cas, elle se souviendrait de lui comme d'une personne tant son intelligence et son regard quasiment humains l'avaient charmée. Sans lui, pourtant, elle ne pourrait plus s'élever vers ces chemins dont il avait le secret et grâce auxquels elle avait côtoyé une dimension magique avec l'envie de s'élancer vers de plus hautes sphères. Elle regarda le superbe étalon moreau qui l'avait bravement portée en ce lieu. Elle s'efforçait de l'aimer, vu que l'amour était indélébilement inscrit en elle, tout en convenant que leur relation ne dépasserait jamais celle d'un maître avec sa monture. Ce dernier lui faisait mesurer avec plus d'acuité encore l'exception de sa complicité d'âme avec Zhöj, un animal à la robe angélique.

Tandis qu'elle nageait vers le lagon de Flogays, il lui revint à l'esprit ce jour où elle s'était retrouvée, en costume d'Imhë (*première création féminine rapportée par le krönhystrum et symbole de la nudité*), à côté de Xanghôr ; une réminiscence qui la poussa en pensée vers lui. Fort de son extrême sensibilité, elle reçut instantanément la souffrance de celui-ci. Elle sentait que ce départ subit, et la succession des faits depuis le moment de leur union charnelle, le plongeaient dans une profonde affliction. Elle regrettait de lui imposer cette douleur tout en pressentant l'existence d'un ordre secret au-delà de ce contexte. Depuis sa nouvelle retraite derrière la crique de Stägh (*voir les lieux de cette page sur la carte du Philistrath dans l'addenda*), elle pouvait se rendre chaque jour dans son jardin de prédilection. Ce keskhal (*très bel étalon*) ne saurait la porter avec célérité, à l'instar de Zhöj, d'un point éloigné à un autre. Remontant la petite côte de Skudah pour tuer le temps, elle se retrouva non loin de Syklath derrière Antamyâ qui portait un panier tressé rempli de fruits et manifestement trop lourd pour ses deux petits bras. Arrivée à sa hauteur, elle descendit lestement de cheval, puis, la prenant dans ses bras, elle l'embrassa avec affection. L'enfant manifesta sa joie et caressa, de ses petites mains à la peau bleutée, les cheveux et le visage de Kilhindrâ qui l'avait assise sur ses jambes. Puisque toutes deux parlaient désormais la même langue, la fillette lança avec une touchante naïveté :

- Le Kzâhr m'a demandé plein de choses sur toi. Et, avant, un autre monsieur m'a demandé comment t'étais et … et il voulait pas me croire. Et après le Kzâhr m'a fait plein de cadeaux.

Derechef, Kilhindrâ l'embrassa tendrement sur la joue.

- Que t'a demandé le Kzâhr sur moi ? S'enquit-elle de sa voix invariablement douce.

- Comment tu es et puis la couleur de ton cheval et … euh … ah, oui … la couleur de ta robe.

- Tu l'as vu juste après notre rencontre ?

- Oui, acquiesça la petite fille en opinant de la tête.

L'épreuve

- C'est pas bien ? Fallait pas ? S'inquiéta Antamyâ tout en la fixant avec ses adorables prunelles vertes entourées de jaune clair.
- Ne te soucie pas, mon amour, tu n'as rien fait de mal.

Elle la ramena chez elle et Antamyâ voulut savoir pourquoi elle ne montait pas son beau cheval blanc ; or elle s'en tint à une réponse sibylline propre à éluder la candide curiosité de cette dernière. Arrivée devant une charmante habitation faite de pierre et de bois[38], une caractéristique de Kûrhasm, l'enfant supplia :

- Amène-moi encore promener avec toi.
- Il te faut rentrer maintenant, ta maman va s'inquiéter.
- Tu reviendras me voir ?
- Je serai toujours avec toi, Antamyâ. Surtout, n'oublie jamais que nous sommes unis maintenant.
- Je vais penser tous les jours à toi, Kilhindrâ.
- Et moi de même, ma chérie.

Kilhindrâ se baissa pour embrasser Antamyâ qui se serra contre elle et posa un baiser sonnant sur sa joue tout en caressant son visage d'un beau teint cuivré. La sensible spontanéité de cette enfant à la carnation identique à celle du Kzâhr la troubla intensément. Elle déduisait des nombreuses rencontres de personnes à la peau noire et des quelques autres à la peau gris bleuté que plusieurs races cohabitaient sur cette grande île. Elle s'était abstenue, en outre, de questionner Xanghôr au sujet de cette particularité anthropologique.

Elle fit un curieux songe qui la rendit perplexe. Noble dame emprisonnée, elle s'y lamentait à cause de cette déchéance

---

[38] Les habitations de Kûrhasm étaient un charmant compromis de pierre et de bois avec des toitures en skilha ocre ou en ozhast gris clair et un intérieur en bois peint en bleu, jaune ou vert ou, encore, vernis

et de cette redoutable chute dans la sentine. Elle vitupérait contre les juges et réclamait le respect de sa haute condition.

Au réveil, celui-ci persista et continua de la harceler comme s'il importait qu'elle inférât de cet état un enseignement pour sa vie actuelle. Parallèlement à la prise de conscience d'un changement intérieur, elle se sentait encline à réfléchir au sens de cette existence en ce lieu. Jusque-là, elle avait vécu dans l'insouciance et une sorte de béatitude entre ses noyades dans un océan de lumière et ses envolées fantasques sur son cheval blanc. Tout en l'empêchant de fuir vers cette Dinvah (*Jardin des Cieux*) mémorisée au fond de son cœur, l'absence de Zhöj la plaçait face à la réalité. Privée d'extraordinaire, elle réalisait tout à coup le prosaïsme de cette vie, une chute identique à celle de la femme de son rêve. Elle en venait à se questionner au sujet de son passé, de sa provenance et du moyen par lequel elle était arrivée sur cette terre. Scrutant fréquemment la mer, puis l'horizon que la barrière de la céleste vague falsifiait, il ne lui semblait pas qu'elle pût être jadis quelque part au-delà de ce lointain. En revanche, quand elle regardait le ciel, son intuition lui soufflait qu'une famille l'y attendait. Outre que cette impression la rendait étrangement nostalgique, elle ne savait pas que son âme aspirait à retrouver cette inégalable luminance.

Les paroles prononcées par une voix métallique lui revinrent à la mémoire : « Iheo, voici venue l'heure de l'accomplissement ». Soudain, cette exhortation résonna plus fortement en elle ; puis sa condition présente lui apparut distinctement. Son être intérieur lui dévoila la vérité de ce passage spécifique auquel elle se trouvait soumise. Il lui rappela aussi le commandement de Ciômaz, afin qu'elle pût suivre la voie hautement tracée.

Les lueurs de l'aube dessinaient des arabesques sur la voûte céleste, brillantant de même la robe noire de son étalon. La peur de l'obscurité ne la persécutait plus autant ; car la modification de sa perception avait fait s'évanouir l'appréhension d'effrayants spectres désireux de la convertir à leurs ténèbres. Elle monta en amazone sur son cheval et quitta le Philistrath au galop avec le sentiment que Zhöj conditionnait subtilement ce dernier.

-3-

L'entrée de Kilhindrâ dans l'enceinte d'Hüzom këlyum (*palais d'Hüzom*) sema la stupéfaction. Les zahratz présents (*gardes personnels du Kzâhr*) la considérèrent d'un air ébahi comme ils le feraient d'un personnage insolite tombé du ciel. Descendant de selle avec agilité, elle pénétra dans le palais où Klephir la salua respectueusement. À son tour, elle honora cette courbette par un sourire amène.

- Sublime Eltidha (*Excellence*), je ... nous ... enfin, le Kzâhr va être suprêmement heureux de votre retour, déclara ce dernier, la gorge nouée.
- Mon cher Klephir, peux-tu avoir la gentillesse de le prévenir que je suis revenue ?
- Malheureusement, Eltidha ... Zhüs Kagîz est parti ce matin et il ne reviendra pas avant ce soir. Depuis votre départ, il fait chaque jour pareil.
- Où le Kzâhr passe-t-il donc ses journées ? Monsieur le ciapiriat Rëhmiog est forcément au courant.
- Peut-être, Eltidha. Sauf que Sa Seigneurie interdit à sa zahrasti de l'accompagner ou, même, de la suivre de loin. Son chagrin nous meurtrit le cœur, rétorqua le serviteur, les yeux humides.
- Je te remercie, Klephir, répondit-elle.

La tristesse de Xanghôr la bouleversait au fond d'elle.
- À votre service, olthërë Eltidha (*sublime Excellence*).

Dans son appartement, Elyunë, la servit avec empressement et joie. Celle-ci essayait de lui manifester son bonheur autrement que par des mots, une pudeur liée à sa condition de servante. Après qu'elle l'eût aidé à passer une robe en tuzah vert prasin (*une soie scintillante*), une couleur que le Kzâhr appréciait tout particulièrement, elle la complimenta avec beaucoup d'égards. Elle ajouta ensuite qu'elle ferait une prestigieuse Kzâhrah, la plus grande que Kûrhasm eût pu rêver.

    Kilhindrâ demanda à un garde de lui seller un cheval. Elle se dirigea intuitivement, ensuite, vers ce lieu où Xanghôr aimait à retrouver le souvenir de leur brève, mais merveilleuse union. Elle attacha sa monture à un arbre de la forêt d'Arenz à la sortie de laquelle Rëhmiog lui jeta un regard ébaubi avant de la saluer avec déférence, promptement imité par ses hommes. Elle les gratifia de son irrésistible sourire et poursuivit à pied jusqu'aux calanques de Ghizig. Le Kzâhr était assis sur ce même rocher où ils avaient d'abord médité l'un à côté de l'autre, préalablement à la fameuse fusion. Elle l'imaginait versifiant dans sa tête, espérant dans son cœur ou l'appelant en son âme. Profitant de ce qu'il semblait dans sa lyre, les yeux clos, elle se plaça discrètement à sa droite. Quand il les rouvrit, il sursauta légèrement, s'étonna, s'enthousiasma, puis il la serra dans ses bras. Ils restèrent un long moment l'un contre l'autre, permettant ainsi à leurs êtres de vibrer à l'unisson. Le souverain dénoua enfin l'étreinte. Tous deux avaient le visage baigné de larmes. Kilhindrâ passa affectueusement sa main d'un brun cuivré sur la figure bleu clair aux linéaments si harmonieux de Xanghôr, charmée également par son magnétique regard à l'iris de la couleur de l'azur sur une lumineuse cornée jaune clair.

> « J'ai enjoint le vent de te porter mon chant
> Pour que tu entendes l'ampleur de mon chagrin.
> Tu es revenue alors que mon cœur marcescent
> Attendait, résigné, cet ultime moment
> De la transition de l'âme vers un autre destin,
> N'osant plus espérer l'osmose avec la tienne ».

- Mon cœur a entendu ce chant et cette espérance, puisqu'il m'a conduite spontanément vers ce lieu. Sois confiant, nos âmes accompliront ce qu'elles doivent.

Xanghôr sourit et posa un baiser tendre sur la joue de Kilhindrâ. La contemplant ensuite dans sa robe à la couleur magnifiquement seyante, il loua sa vénusté. Ils marchèrent en se tenant la main en direction de la forêt d'Arenz et prirent plaisir à chevaucher à bride abattue, encadrés par une zahrasti qu'un Rëhmiog rayonnant de bonheur commandait.

Quant à Xanghôr, il interprétait l'empressement de sa merveilleuse Zheirah comme le signe d'un amour impatient de réaliser une belle œuvre.

-4-

À l'arrivée du Kzâhr et de la Zheirah, buxhiz et golhonx *(trompettes au son aigu pour la première et au son grave pour la seconde)* résonnèrent depuis le château d'Hüzom jusqu'à Stiarâk. Pour fêter le retour de Kilhindrâ, Xanghôr ordonna la préparation d'un repas gigantesque. À l'écart des nobles et des notables, tous deux dînèrent en tête à tête dans une des salles à manger du palais, la plus somptueuse, où les serviteurs apportèrent ces plats dont leur bien-aimé souverain raffolait. Une nourriture à base de poissons pêchés en mer ainsi que dans le Louclam ou le Fahj et disposés dans de grands plats en bois d'hosnus *(beau bois noir)* et d'ëbury *(sorte d'ivoire tirée d'un arbre du nom d'ëburdis)* : hëvol, onitham, lüfahr, orak, zhialugh, qapinus, pighon, ghiril, taghori, ëmohl, ghymin, alvinock, xornz, kanthar, thaster, molhon, kebz, milarsi *(une série des nombreux poissons, crustacés et coquillages qui peuplent les eaux de Kûrhasm)*. La population de Kûrhasm était ichtyophage, cette terre n'étant pourvue que d'une faune aquatique, de quelques espèces d'animaux non comestibles et de chevaux. Il y avait également des petits plats en rhuzij *(cet ivoire précieux est tiré du bec large du phizüx)* d'ozy, zeina, gravhein et mélange de panagax, ghickatz, shijavaz condimentés au rhäma, thiüsm, jalüh, tianhiz, rhuz, genlhis, nathä, libis, dastapios *(la plupart des épices, aromates et condiments consommés sur Kûrhasm)* ou avec des essences de fleurs. Sept autres grands plats contenaient toutes sortes de fruits : crëfinz, fistanghiz, khadz, likutz, pighäniz, tokayaz, zörz, xëzinthz, thërix, phizohaz, haxaghoz, kakyrox, zaïkarox, naxüs *(une série des très nombreux fruits cultivés sur Kûrhasm)* ainsi que diverses pâtisseries au friaza, artiphis, liverha, vaboä et phizoha *(autres fruits)*. Les boissons étaient, quant à elles, à base de sirops de dyanz, ëruthos, hordam, fistanghis, apalium, liverha *(idem)* ou panachés ; car le Kzâhr ne buvait aucun des succulents vins de Kûrhasm.

Habituée à se nourrir exclusivement de fruits, Kilhindrâ ne fit pas vraiment honneur à ce royal festin. Elle était surprise de l'étalage de cette opulence auquel Xanghôr avait cru nécessaire pour l'honorer. De son côté, il lui avait suffi d'entendre l'émotionnant et poétique couplet aux calanques de Ghizig. Elle accepta l'assortiment de poissons, légumes et céréales que les serviteurs lui concoctèrent, en dépit de sa réticence à consommer de cette chair d'animaux marins. Xanghôr ne la contraignit pas ni ne montra la moindre contrariété au constat de cette indifférence, alors qu'il s'était efforcé de la ravir via ce moment festif. En définitive, il se satisfaisait de la seule présence de sa bien-aimée.

Le repas terminé, elle l'embrassa sagement sur la joue et rejoignit ses appartements. D'un tempérament vénusien et d'une grande finesse d'esprit, Xanghôr préférait laisser à Kilhindrâ l'initiative d'une relation plus intime. Il se réfugia dans son art, un exutoire à sa passion et à sa souffrance. S'il ne prit pas cette réserve pour un rejet, il la trouvait insensée ; car il ne comprenait plus bien, à présent, qu'elle continuât de s'astreindre à une voie sainte. Certes, il ignorait la spécificité de l'expérience que Kilhindrâ devait effectuer sur Kûrhasm.

Chapitre 9

L'éveil

-1-

La personnalité profonde de Kilhindrâ prenait progressivement le dessus, une nécessité pour l'accomplissement de la sublime alchimie. Sa brève union charnelle avec Xanghôr, sa fuite vers Mëshai et dans le Philistrath, la sensation de chute dans l'abîme, la disparition de Zhöj avaient constitué des événements subtilement induits, afin de l'amener à se métamorphoser. Cette faute, ou perçue par elle comme telle, ne l'avait point fait sombrer dans d'éternelles ténèbres, mais avait permis le déclenchement d'un processus au bout duquel était l'éveil à sa nature authentique. Si la perte de sa virginité l'avait apparemment transformée en banale mortelle, la pureté de son âme ne s'en trouvait, en vérité, aucunement entachée. Il s'agissait maintenant d'entreprendre la partie la plus difficile de cette marche, un exigeant passage semblable à la traversée d'un précipice sur un fil. C'était donc l'heure, pour elle, de montrer sa fidélité au Tout-Puissant et, par là, de s'élever au statut de zioirizi sur Ziowêa.

Kilhindrâ et Xanghôr passaient dorénavant beaucoup de temps ensemble, en dépit du pétrarquisme de cette relation. Ils s'adonnaient à de joyeuses chevauchées en Anaphysis, marchaient le long du Fahj (*voir les lieux de cette page sur la carte dans l'addenda*) ou autour du lac Hukos, rêvaient face au thälabak ou contemplaient la voûte céleste, allongés dans un pré de la plaine cespiteuse bordant Hüzom ou sur une plage. Xanghôr poétisait alors les impressionnantes vagues de l'océan, les subtils dessins dans le ciel ou le nimbe des premiers rayons de Phëliz (*dieu du jour et symbole du soleil*), les soirs où tous deux décidaient de dormir à la belle étoile. Ses vers et ses chants ainsi que sa merveilleuse voix de baryton ravissaient Kilhindrâ qui appréciait ce statut de divine égérie qu'il lui avait attribué. Il cherchait à subjuguer le cœur de sa dulcinée avec la secrète espérance qu'il s'y épanouirait enfin un amour inaltérable. Puisque le rhis Ughâr assurait avec brio l'administration de l'État, il pouvait se consacrer à elle. N'étant pas un adepte de la gloire et du pouvoir, cette passion avait été une excellente opportunité pour mettre sa responsabilité au rebut.

Kilhindrâ en vint à le questionner sur les différentes carnations des habitants. Il lui rapporta donc l'histoire de la création gravée sur les terkalkhum (*tablettes*) sacrés.

Partant de ses explications, elle déduisit qu'Antamyâ était miotinha ; ce qu'il n'ignorait point. Aussi s'étonna-t-elle de la vie ordinaire que celle-ci menait. Il indiqua qu'une enquête l'avait informé sur le refus dans le passé de la charge de dudzi (*gouverneur*) du Grëmanganath par le père de cette dernière, mais, pire encore, sur le reniement de son titre et de sa race. Il aurait eu également un différend avec le Kzâhr Vighêz dont la nature resterait à jamais une énigme. Conformément à une antique tradition, il avait condamné son épouse et sa descendance à la déchéance prononcée à son encontre. Kilhindrâ s'abstint de lui confier qu'elle avait eu l'intuition qu'Antamyâ deviendrait, un jour, une grande dame sur Kûrhasm. Soucieux toutefois de ne pas lui déplaire, il accepta de contourner la tradition et de consacrer cette dernière au titre de Bakahnah. Il dépêcha aussitôt un zahrast (*soldat de sa garde personnelle*) à Tyzaregh, afin que cette décision fût gravée dans les tablettes de la Couronne ; puis il ordonna au rhis de faire prévenir les parents d'Antamyâ de cet anoblissement et de l'obligation pour leur fille de rejoindre au plus tôt Tyzaregh zhistin (*village de Tyzaregh*) pour qu'elle fût éduquée comme une miotinha et une personne de son rang. Le père d'Antamyâ était toutefois en droit d'empêcher la concrétisation de cette faveur.

-2-

Kilhindrâ entreprit de parler à Xanghôr de l'Amour dans sa forme élevée et parfaite, se sentant poussée à l'initier à cette énergie dynamique et créatrice au sein du Grand Tout. Elle lui précisa :
- L'Être est un immense corps d'Amour et de Lumière auquel sont indéfectiblement rattachées les âmes. L'Éternel Tout-Puissant relativise sa lumière, afin que la multitude des âmes, dont les niveaux de développement diffèrent nécessairement, y ait accès.

Évoquant ensuite la profondeur et le sublime de leur amour, elle précisa que le charnel l'appauvrirait. Il souffrit d'entendre que leur destin ensemble se limitait, en fait, à une expérience occulte au sein d'un haut univers. Au fur et à mesure où cette matière lui venait, elle extériorisait sa vraie nature. Quant à Xanghôr, il l'écoutait attentivement, surpris de ce discours qu'elle lui tenait et impressionné de l'aisance avec laquelle elle abordait ces sujets ésotériques. Il lui semblait qu'une autre femme avait investi le corps de sa Kilhindrâ chérie, une talentueuse instructrice qui l'éveillait, cependant, à des thèmes dont il n'aurait jamais l'usage. Poursuivant de sa voix douce, mais ferme, elle aborda la question du Dieu Unique, immuable et transcendant, spécifiant qu'il trône sur un insondable univers constitué d'une infinité de plans. Puis elle révéla :
- J'ai reçu le nom d'Elkhîm pour ce Dieu Unique. Dans la langue de Kûrhasm, j'ai vu que celui-ci correspond bien à l'Un[39], à l'Esprit qui préside sur le Tout universel. Comme il crée

---

[39] « Elk » signifie Grand et « him » est le chiffre Un. Elkhîm correspond donc à « Grand Un » Quant à l'accent circonflexe, il signale l'autorité

avec le Verbe d'Amour, qui est aussi Lumière, il est juste de le nommer Elkhîm d'Amour et de Liëkzel[40].

- Ne serait-il pas plus opportun de l'appeler Kâmios Unique (*Vehënx Kâmios dans la langue de Kûrhasm*). Ainsi les kuriahnz assimileraient mieux cette évolution ... que tu dis nécessaire.

- C'est ainsi qu'il convient de l'appeler, puisque Kâmios symbolise le Dieu polythéiste et qu'il ne pourrait devenir, soudain, le Dieu Unique. Il régnerait une confusion religieuse qui ne serait pas propice à l'évolution que ce monde doit assimiler à présent.

- Et ... selon toi, à quoi ressemble cet Elkhîm ?

- L'Esprit Parfait n'est pas accessible au regard de l'homme. Un mur infranchissable existe entre la perfection et l'imperfection.

- Sache que les kuriahnz rejetteront ce Dieu abstrait. Ils lui préféreront Kâmios qu'ils connaissent sous les traits d'un splendide patriarche à la face aussi brillante qu'un soleil, à la chevelure coruscante et au regard lançant des éclairs qui peuvent foudroyer sur-le-champ.

- Ce Dieu a l'air d'un personnage de légende. L'Esprit régnant sur l'Univers n'est en rien un super-humain.

- Comment prier alors cet Esprit si lointain et dépourvu d'apparence.

- Il faut inciter les kuriahnz à retrouver la sublime vérité du Tout-Puissant au fond de leur âme.

- Ainsi il n'y a aucun autre dieu au-dessous de cet Elkhîm. Cela fait très longtemps que nous croyons que des familles de dieux agissent sous la gouverne d'un Dieu principal, fit-il remarquer.

---

[40] Izhëum Liëkzel Elkhîm dans la langue de cet univers (« Liëkzel » signifie à la fois Grâce et Lumière)

- J'ai entendu que ce monde doit évoluer dans sa croyance et abandonner celle d'un Dieu trônant sur un panthéon de divinités. Il est donc important de suivre cette nouvelle voie.

- Sans doute, mais des générations de Prâktirz (*les grands chefs de la religion*) nous ont enseigné cette multiplicité. Et certains, parmi eux, eurent la grâce d'une haute inspiration. À mon humble avis, nul ne pourrait changer cet état sans déclencher une révolution.

- Ce serait une belle évolution pourtant.

- Quand tu lèves les yeux vers le ciel, les nuits où celui-ci est vide de tout nuage, tu perçois alors une multitude d'étoiles semblables à des alkatz (*pierres d'un beau blanc semblable au diamant*) sur un vêtement sombre. Le long de cette immense voûte, tu peux aussi apercevoir une bande légèrement lumineuse que le krönhystrum (*l'histoire de Kûrhasm*) appelle le quzakëmoh (*le fleuve lacté, symbole de la Voie Lactée*) sur lequel circulent les dieux et, avec eux, les hautes âmes. Le sublime Kâmios a confié la charge de cette partie de l'univers à Azül (*nom du dieu du Cosmos*). Tu vois, les Cieux sont trop bien organisés désormais. Nous n'avons pas le pouvoir, pauvres humains, d'instituer un nouvel ordre.

- Xanghôr, je te répète ce que je t'ai dit tout à l'heure, c'est-à-dire que l'Éternel est Amour et Lumière. Il n'existe pas d'autres dieux que lui. Il est l'Esprit Unique, le Créateur du fini et de l'infini, du tangible et de l'intangible. C'est un blasphème que de vénérer une multitude en dessous ; d'autant qu'ils sont parfois représentés sous une forme animale.

La soudaine détermination de la voix de Kilhindrâ interpella le Kzâhr.

- Ma merveilleuse Kilhindrâ ! Ainsi tu affirmes que nous devons abjurer notre croyance et adhérer à celle que tu es en train d'édicter. Les religieux de Kûrhasm vont s'élever contre cette apostasie.

- Encore une fois, il s'agit d'une évolution qui mettra Kûrhasm sur une grande voie.

L'éveil

- Que se passe-t-il, mon amour ? Tu parais vouloir transformer tout à coup cet univers.

- C'est au Kzâhr qu'il appartient d'opérer les changements qui s'imposent. À présent, tu te trouves placé face à une grande décision.

- Alors celle-ci ne m'apparaît pas indispensable. En outre, je suis encore Kzâhr parce que les miotiahnz et quelques himotiahnz de la Cour me forcent à rester sur le trône. Personnellement, je préférerais n'être plus que ton sigisbée.

- L'histoire de Kûrhasm t'appellera Kzâhr religieux.

- Je pense plutôt que le krönhystrum rapportera que je fus un Kzâhr poète et follement énamouré d'une sublime Zheirah merankhypris (*à la peau basanée cuivrée*).

Kilhindrâ sourit tout en le fixant de ses magnifiques yeux pers.

- Tu n'empêcheras pas ton destin d'être. Je te rappelle que tu es un miotiahn. Ce statut t'oblige à une responsabilité.

- Qui es-tu en vérité Kilhindrâ ? Tu adoptes soudain un ton si professoral.

- J'agis uniquement comme je l'entends au fond de moi, rétorqua-t-elle laconiquement.

Elle aurait été incapable de répondre précisément à cette question, vu qu'elle n'était toujours pas éveillée à la haute mission de son âme. Elle accomplissait avec docilité l'instigation de son moi intérieur, ignorant que ce propos ferait son chemin à cause de la concomitance de l'action du Kzâhr de Kûrhasm avec son propre destin. Quoique Xanghôr n'adhérait pas vraiment à ce concept d'un Elkhîm Unique, d'un Esprit Parfait que nul regard ne peut appréhender.

Il convoqua le Praktir Zyarik à Hüzom pour l'interroger au sujet de la tradition religieuse. Celui-ci lui donna l'explication suivante :

« Après que Mios eut réduit en cendres le démoniaque Stiörk et plongé l'univers sous les eaux, le Créateur souffla dans l'esprit de Fiëghor et premier père de la religion unique – lors de la recréation de Kûrhasm qui s'appelait alors Erhük – le nom par lequel il fallait dorénavant l'appeler, à savoir Kâmios. Fiëghor entendit ensuite que ce nom était une réduction de « Kazei Athium miosiz », c'est-à-dire Père-Esprit des dieux. L'accent sur le « a » fut ajouté, plus tard, pour signifier sa grandeur. Cette Écriture répertoriée dans les terkhalkum (*tablettes*) sacrés ne saurait être remise en cause. La profanation de sa Sainte Volonté réveillerait, à coup sûr, Sa Colère qui se manifesterait via la résurrection de Stiörk, lequel s'évertuerait à semer la terreur sur Kûrhasm ».

Prenant acte de cette instruction, qu'il comptait méditer, Xanghôr se trouvait tiraillé entre la tradition millénaire et l'avertissement de sa chère Kilhindrâ. L'avertissement du Praktir Zyarik l'appelait à ne pas sous-estimer les lourdes conséquences de cette décision pour l'avenir de Kûrhasm.

Il relut le poème d'Homäz, un éminent poète des années 6050-6080 du Kûrathi (*création de Kûrhasm*), dédié à Azül (*nom du dieu du Cosmos dont la coiffure a la forme de la lettre oméga en majuscule*) :

« Le Dieu au-dessus de tous les dieux
T'a donné pouvoir sur les Cieux,
Il t'a conféré l'état de dieu-roi,
Il t'a établi régisseur des batailles
Tracées par Lui de toute éternité.
Sous toi est une puissante muraille
Qui empêche la corruption du sacré.
En ta main, le sceptre divin d'or
Lance le feu éminemment destructeur,
Dès lors que tu juges nécessaire la mort
Du cœur d'un homme trop pécheur.

L'éveil

> L'oméga éclatant de ta toison sublime
> Est tel un luminaire au haut de la cime
> Où le Dieu dominant t'a assis sur un trône
> Et chargé de veiller sur les actes des hommes.
> Sois clément envers notre pauvre humanité,
> Azül, toi le dieu pétri d'une lumineuse sainteté ».

Que deviendrait cette belle et riche histoire des Cieux s'il en venait à évincer Kâmios, le Dieu régissant ce monde depuis les temps immémoriaux, et ce, au profit d'un nouveau s'avérant, de plus, exclusif. Ne s'estimant pas assez mystique pour accéder à la subtilité de cette abstraction, il ne cherchait pas à minimiser, voire à dénigrer les arguments de sa Zheirah préférée. En définitive, il n'avait pas conscience que son indéfectible amour pour elle servirait la cause de ce Dieu régnant sur le Tout.

Cet événement l'éclairait, en outre, au sujet de la force d'âme et de la sublime grandeur existant derrière les splendides appas de cette femme. Puisqu'elle l'exhortait à reprendre en mains les affaires de Kûrhasm, il espérait qu'elle ne rejetterait plus l'idée de leur hymen et, partant, de devenir la Kzâhrah charismatique qu'il aimerait avoir à son côté ; car elle aurait tout à fait la capacité de l'assister au niveau de l'œuvre gigantesque à réaliser. Même s'il se demandait comment le peuple accueillerait une souveraine acquise à la croyance de celui qu'elle nommait l'Elkhîm Unique et s'employant à l'y convertir. Il décida de convoquer Ughâr au palais d'Hüzom pour lui présenter Kilhindrâ et connaître l'opinion de la Cour à propos de cette dernière. Le rhis ayant intelligemment réussi à obtenir l'estime des nobles et notables, voire de la population, il ne doutait pas que la sagacité de cet homme lui serait une grande aide.

-3-

Le regard d'Ughâr à l'iris marine zébré de gris, et reflétant une belle fascination à la vue de Kilhindrâ, n'échappa point à l'œil sagace et d'un sublime bleu de Xanghôr. Pour la circonstance, elle s'était vêtue d'une robe en murahz (*soie croisée et légère*) couleur nacarat, dénuée de chamarrures et autres brocarts d'or, laquelle seyait magnifiquement à sa peau cuivrée et à son opulente chevelure d'un blond rayonnant. Il n'était pas nécessaire, en outre, qu'elle se mît en valeur, via des artifices vestimentaires, pour avoir l'ascendant sur ses interlocuteurs. Sa prestance naturelle et son regard lumineux suffisaient. Elle parla peu, mais judicieusement, écoutant le rhis qui s'en tenait, lui aussi, à un discours précis. Le verbe affûté de Kilhindrâ surprit ce dernier qui ne s'était pas attendu à ce qu'elle eût déjà une telle maîtrise de la difficile langue de Kûrhasm. Il ne cacha pas son admiration, louant même la grande intelligence de la Zheirah. Musicien à l'occasion, le bakahn (*titre nobiliaire le plus bas*) – rhis (*vice-Kzâhr*) étant une fonction et non un titre nobiliaire – possédait une belle sensibilité et un tempérament idéaliste assez proche de celui de Xanghôr. Le Kzâhr appréciait cet homme, à l'excellente éducation, qui parlait avec à propos et prudence et ne s'en tenait pas à des formules papelardes. Fût-il un thuriféraire obséquieux, plutôt que quelqu'un de franc et délicat, il ne l'aurait pas convoqué en vue de requérir son conseil. Il prévoyait donc que sa bien-aimée chercherait à faire évoluer la discussion sur le sujet épineux de la religion, curieux de connaître la réaction à brûle-pourpoint d'Ughâr. Or Kilhindrâ s'abstint d'évoquer la question de l'Elkhîm Unique, laissant au Kzâhr le soin d'en débattre avec son second en des termes plus appropriés à la mentalité kurialh (*de Kûrhasm*). Décidant tout à coup de vaquer à ses occupations, elle plaça le souverain face à son devoir. Dans cette position inconfortable, celui-ci prit le parti de s'enquérir sans ambages de l'avis de son chef du gouvernement.

- Bakahn Ughâr, fais-moi la faveur, surtout, de ta franchise coutumière. Comment penses-tu que la Cour réagirait si je faisais de la Zheirah Kilhindrâ une Kzâhrah ?
- Kagîz, à ce jour, je ne peux faire état que de mon impression personnelle.
- J'entends bien, dyaz rhis (*monsieur le rhis*).
- Il est évident que cela jetterait un froid, les miotiahnz étant, comme vous ne l'ignorez pas, très attachés à la tradition. Toutefois, la Zheirah Kilhindrâ m'apparaît si intelligente et subtile qu'elle rallierait à sa cause l'opposant le plus irréductible.
- Penses-tu vraiment cela ?
- Grand Kzâhr, vous m'avez engagé à vous exposer honnêtement mon point de vue. Aussi je vous parle avec mon cœur.
- Je crains qu'une Kzâhrah à la peau merankhypris ne soit l'objet de critiques permanentes tant la Cour ... comme tu l'as si bien précisé ... est conformiste et accrochée à sa prérogative miotialh (*qui a trait à la race miothy*), renchérit Xanghôr.
- Zyâr, serait-elle comme nous qu'il n'en manquerait pas pour tenir des propos dénigrants en catimini. Il y a une chose que j'ai sentie en conversant avec elle et que j'aimerais vous exposer.
- Je t'écoute.
- Dans son regard, il m'a semblé percevoir ... comment dire ... une force intérieure peu commune ...
- En effet, c'est une femme qui dépasse en intelligence la plus intelligente des miotinhaz ... mais, pardon de t'avoir interrompu, tu allais ajouter autre chose.
- Tout à fait, Kagîz. Elle paraît venir d'un autre monde. Je ne dis pas cela à cause de sa peau cuivrée ou de ses cheveux dorés.
- Tu n'as pas pu ne pas être influencé par son apparence, objecta Xanghôr.

- Je l'admets, Zyâr. En dépit de cela, ses yeux ont une expression unique. Quand elle me regardait tout en m'écoutant, j'ai eu l'impression de plonger dans un autre univers. La Zheirah Kilhindrâ est une personne absolument ma-gni-fi-que, déclara le Bakahn avec emphase et en déliant cet adjectif.

Xanghôr frémit en son cœur. Il éprouvait l'instante envie d'être avec elle, contre elle et de l'aimer de tout son être.

- Je constate combien elle t'a séduit, Bakahn Ughâr.
- Je vous en demande humblement pardon, Grand Kzâhr. Néanmoins, ce serait vous offenser que de ne pas reconnaître la beauté parfaite de notre future Kzâhrah.
- Voyons, dyaz rhis, je ne t'en fais point le reproche ! Car, j'en conviens, le Dieu Haut nous a bénis en nous envoyant cette merveille. À propos, Ughâr, crois-tu en Kâmios ?
- Kagîz, un miotiahn ne peut que croire en Kâmios.
- Je voulais dire en vérité ... dans l'intime de ton cœur.
- Alors, je vous confirme avoir une grande foi en lui au fond de mon cœur.
- Et ... si tu entendais dire que tous ces dieux, auxquels nous croyons, sont pure imagination, voire qu'un Dieu Unique trône dans les Cieux. Quelle serait ta réaction ?
- Kagîz, cela me paraîtrait contraire à la tradition. Toutefois, je chercherais à savoir s'il n'est pas une autre vérité que nous ignorons et négligeons.
- Cela signifie-t-il que tu ne trouves pas cette thèse absurde ?
- En toute franchise, Zyâr, le Prâktir et ses praktizianz (*fonctionnaires religieux*) allèguent sur l'existence de ces divinités, mais je ne serais pas réticent à l'idée d'une Intelligence omnipotente. D'ailleurs, je me suis souvent posé cette question et j'aurais bien aimé qu'il me fût accordé la grâce d'une haute inspiration sur ce sujet.
- Je te remercie, dyaz Ughâr. Effectivement, ta franchise m'a éclairé et tu te révèles un rhis vraiment compétent et perspicace. J'ai donc décidé de t'élever au titre de Zheiry du

Tërasthan (*nom d'une province*). Je m'occuperai de faire graver cette décision sur les terkhalkum de la Couronne.
 - Cet honneur me touche profondément, Sublime Kzâhr. Ne craignez-vous pas, cependant, que ma nomination froisse le Zheiry Cenkez[41] ?
 - Je ne démets pas le Zheiry Cenkez de sa charge miotialh (*charge de premier miotiahn*) du Tërasthan, puisque la tienne consiste à administrer les affaires de l'État. De surcroît, il n'est pas logique que mon rhis ait le simple titre de Bakahn.
 - Votre bonté de cœur, Eld Zhiaki, m'est un exemple permanent. Croyez en ma fidélité sans faille.
 - De cela, je ne doute pas. C'est pourquoi, je t'ai confié la haute charge de substitut du Kzâhr.
 - Comme vous avez évoqué le Phrangys, Zyâr, je vous suggère de nommer un Zheiry miotiahn dans cette province, étant donné que, conformément à la traditon, le Zheiry Nïevor ne peut y tenir le rôle de vithani (*statut de premier miotiahn*).
 - En effet ! Je te laisse trouver ce vithani dont je décréterai la nomination ensuite. En outre, sauf ma mansuétude, cet himotiahn aurait été déchu de son titre.
 - D'autre part, et si vous en êtes d'accord, Kagîz, je vais faire circuler la rumeur de votre mariage avec la Zheirah Kilhindrâ, puis supputer la réaction de la Cour.
 - Excellente idée et tiens-moi au courant ! Paix en toi, Zheiry Ughâr.
 - Paix en vous, Kagîz. Transmettez mon plus profond respect à la Zheirah Kilhindrâ.

Après le départ du rhis, Xanghôr eut l'intuition que la destitution de Nïevor et la nomination d'Ughâr avaient été des décisions appartenant à un enchaînement dépassant sa propre

---

[41] Le Zheiry était un noble de grand prestige au sein de chaque province et toujours de race miothy, sauf Nïevor qui était de race himothy et dont j'ai déjà expliqué qu'il représentait une exception (voir les explications sur la tradition dans l'addenda sur le site)

volonté. L'appréciation élogieuse de ce dernier sur sa dulcinée affermissait sa détermination de faire d'elle la Kzâhrah de Kûrhasm à son côté. Il n'avait pas conscience d'être induit à la placer sur un piédestal, voire au-dessus de lui et, ce faisant, de servir un dessein occulte. Par cette élévation, il la poussait, en réalité, vers la porte qu'elle devait à présent franchir. Pour sa part, il n'aspirait qu'à être enfin aimé d'elle jusqu'au jour de leur déification par le krönhystrum (*qui répertorie l'histoire de Kûrhasm*).

L'éveil

-4-

Sa vraie nature sortant peu à peu de sa chrysalide, Kilhindrâ prenait de plus en plus l'ascendant sur Xanghôr. Si l'émergence de sa personnalité divine l'y poussait, son inclination à l'humilité l'incitait plutôt à rester en retrait. Quant à lui, il se réjouissait de ce que son espérance semblait se confirmer, interprétant la détermination de sa bien-aimée comme le signe d'une volonté d'implication dans les affaires de Kûrhasm. La perspective de leur union exacerbait sa passion ; bien qu'il ne voyait pas se dessiner les prémices d'une normalisation de leur relation. Le souvenir traumatisant de la dernière fuite de celle-ci, après l'exceptionnelle communion de leurs corps, le dissuadait de forcer à nouveau les événements. Il attendait que la situation prît d'elle-même un heureux tour et que Kilhindrâ en vînt à corriger sa conception restrictive de l'amour. Certes, le propos de cette dernière sur l'appauvrissement de l'Amour pur par le plaisir charnel et sur la grandeur de celui éprouvé par leurs âmes ne la rendait point pleinement humaine. Il craignait cet idéal qu'elle nourrissait en son cœur tout en le trouvant plutôt éloigné de son propre souhait d'un bonheur terrestre.

Pendant que tous deux flânaient dans le vaste parc du château ou demeuraient paisiblement assis sur un banc à l'ombre d'un aläk ou d'un banhiü (*noms de deux espèces d'arbres*), Kilhindrâ poursuivait son discours sur la croyance en l'Elkhîm Unique d'Amour. Elle catéchisait Xanghôr comme si elle eût la mission de l'amener à une plus grande religiosité. Étant d'avance un adepte inconditionnel de tout ce à quoi elle croyait, elle n'avait pas, de toute façon, à requérir son attention. Son désir d'une belle harmonie avec elle lui ôtait tout sens critique et l'engageait à acquiescer docilement à ce qu'elle l'exhortait à faire. Comme, de plus, elle paraissait prendre le destin de Kûrhasm à cœur, il s'arrangeait pour ne pas décourager ce début d'engagement. Il enclencha donc un processus, ne devinant pas qu'il œuvrait dans le cadre d'un plan hautement ordonnancé. Parallèlement, Kilhindrâ avançait vers cet aboutissement dont elle ne connaissait pas encore le sublime contenu.

Xanghôr se rendit à l'improviste à Tyzaregh. La panique que son arrivée semblait provoquer ne manqua point de le surprendre. Un bref sondage auprès des ministres et de quelques nobles de la Cour lui permit de constater la grande estime dont Ughâr et, même, son épouse Isthyanië jouissaient ; ce dont il se félicitait. Conscient de venir perturber un ordre établi, il s'enquit auprès du rhis de la raison de ce trouble suscité par sa venue.

- Grand Kzâhr, votre visite inopinée bouleverse la Cour qui garde en mémoire la terrible annonce de votre abdication.
- Appréhende-t-elle que je réitère celle-ci ?
- Absolument, Zyâr.
- Il m'apparaît pourtant que tous verraient d'un bon œil ton installation sur le trône, lança malicieusement Xanghôr.
- Vous êtes le bien-aimé Kzâhr de Kûrhasm et je vous certifie que vous le resterez jusqu'à ce que vous vous éleviez parmi les dieux.
- Zheiry Ughâr, il va falloir abandonner cette absurdité.
- Pardonnez-moi, Eld Zhiaki ... je ne saisis pas le sens de votre remarque.
- Alors, voici, vénérable rhis. Je suis venu instaurer un ordre religieux dans lequel n'existera plus cette mythologie que des générations de Prâktirz nous ont enseigné à prier.
- Il ne sera pas facile d'empêcher la perpétuation d'une tradition millénaire. Ces dieux et déesses protecteurs ou aux excellentissimes vertus sont désormais ancrés dans le quotidien des kuriahnz (*habitants de Kûrhasm*).
- Il convient de sortir de cette tradition surannée et d'évoluer, mon ami. Aussi, la croyance en l'Elkhîm Unique

d'Amour et Créateur des univers est-elle sans aucun doute plus proche de la Vérité que cette pléthore de dieux, à l'apparence animale pour certains, que Kûrhasm loue.

— Kagîz, diëzah Eltidha[42] Kilhindrâ vous aurait-elle enseigné cette vérité ? Osa Ughâr.

— Son savant discours m'a convaincu que la voie de cet Elkhîm Unique fera entrer Kûrhasm dans une nouvelle ère.

— Alors, Kâmios vous a béni une deuxième fois en envoyant vers vous cette merveilleuse créature.

— Mon cher, tu ne peux imaginer à quel point, confia humblement le souverain.

Ughâr sourit. Quant à Xanghôr, il était certain que son rhis, dont Kilhindrâ avait conquis le cœur, adhérait d'ores et déjà à cette nouvelle croyance.

— Cette évolution religieuse signifie-t-elle également l'abrogation des fêtes instituées par les Anciens ? Ce serait assurément condamner le peuple aux affres de la tristesse, Eld Zhiaki.

— Je ne comptais pas décréter dans ce sens, mon cher rhis. Le temps fera sans aucun doute évoluer celles-ci et elles deviendront donc plus conformes à la religion d'Elkhîm.

— Sublime Kzâhr, me permettez-vous une suggestion ? dit prudemment le Zheiry.

— Justement Ughâr ! J'attends de toi que tu me fasses part de tes lumineuses idées.

— Zyâr, il faudrait pouvoir provoquer un événement permettant de rendre crédible cette religion d'un ... Elkhîm Unique.

— À ton avis, quel événement pourrait concourir à ce prodige ?

— Je pense à une rencontre entre le Prâktir Zyarik et la Zheirah Kilhindrâ. C'est un homme très inspiré qui verra

---

[42] Traduction : « Madame Son Altesse ». L'appellation « Son Altesse » était toujours précédée de Madame

sûrement que la diëzah Elthidha est une sorte d'envoyée de cet Elkhîm auquel vous reconnaissez désormais une transcendance.

– Voilà une belle idée, dyaz Zheiry ! S'exclama le monarque. Elle vient de m'en suggérer une autre plus intéressante encore. Tu connais le moshy Prophys, j'imagine.

– Qui ne connaît pas le mostjen (*hiérographe*), Kagîz.

– Je sais que Zyarik le tient en haute estime. Par conséquent, je vais le faire venir au palais d'Hüzom pour qu'il s'entretienne avec la Zheirah. Mon intuition me souffle qu'il se laissera convaincre par ce concept d'Elkhîm Unique. Il suffira ensuite que Prophys persuade Zyarik et ... de cela, je ne doute guère.

– Le moshy Prophys est un homme qui entend les dieux, renchérit le rhis. Peut-être entendra-t-il cet Elkhîm Unique et voudra-t-il faire savoir à la population la nécessité de croire en Lui.

– Il entendra d'abord Kilhindrâ et ce qu'elle lui dira l'éveillera assurément à cette vérité.

-5-

Comme prévu, Xanghôr fit venir Prophys au palais d'Hüzom où il le reçut chaleureusement.

Le Kzâhr trouva le visage de celui-ci plus fatigué que lors de leur dernière rencontre. Certes, sa calvitie et son dos plutôt voûté tendaient à l'enviellir. Son regard gris pigmenté de noir sur une cornée jaune clair n'avait rien perdu néanmoins de sa vivacité.

- Moshy Prophys (*titre nobiliaire de 2ème degré*) ! Tu te souviens de ta vision d'une femme couronnée, n'est-ce pas !
- Comme si cela venait de se passer, Zyâr. Elle portait une couronne sertie de douze pierres précieuses avec sur le devant un linx cordiforme (*pierre en forme de cœur semblable au cristal*) émettant un fort rayonnement.
- Tu m'avais aussi parlé d'une créature venant d'un autre univers.
- C'est exact, Kagîz. Elle avait l'air d'une déesse et je me souviens tout à fait de sa peau très claire.
- Dyaz moshy, je vais te présenter la Zheirah Kilhindrâ qui va sûrement te faire une révélation importante.
- Pardonnez-moi, Eld Zhiaki, mais y a-t-il une relation entre cette révélation et ma vision ?
- Pas précisément, rétorqua succinctement Xanghôr.

Il ordonna à Klephir d'envoyer la servante Elyunë quérir Kilhindrâ dans ses appartements. Préalablement, il avait informé cette dernière qu'il comptait faire venir un homme éminemment inspiré, afin qu'elle pût lui exposer ses arguments sur l'Elkhîm Unique et, par bonheur, elle n'avait pas refusé cette confrontation. Tout en l'attendant, le mostjen miotiahn (*l'occultiste de race miothy*) ferma les yeux pour méditer en son for intérieur et, surtout, invoquer les dieux. En effet, leur sage inspiration serait nécessaire à une claire compréhension du propos religieux de cette Zheirah.

- Eld Zhiaki, la diëzah Eltidha Zheirah Kilhindrâ (*Madame Son Altesse la Zeirah Kilhindrâ*) est arrivée, annonça Klephir.

- Qu'elle se donne la peine d'entrer, répondit le Kzâhr.

Kilhindrâ pénétra dans le salon, vêtue d'une robe blanche en dazhila doublée (*soie de qualité supérieure*). Ouvrant les yeux, Prophys vit une femme entourée d'une aura irisée, le front orné d'un gros alkast cordiforme (*pierre en forme de cœur semblable au diamant*) qui émettait de sublimes rayons colorés, et avançant vers lui avec une grâce aérienne.
- L'envoyée de Kâmios, lança-t-il en se prosternant quasiment.
- L'envoyée de Kâmios ! As-tu entendu cela, moshy Prophys ? S'enquit le monarque.
- Je viens de voir la Zheirah dans son habit de déesse, Kagîz.
- Son habit de déesse ? S'étonna Xanghôr.
- Oui, Zyâr. Je le maintiens. La Zheirah Kilhindrâ est en vérité une déesse et elle est la femme de la vision dont nous parlions tout à l'heure.

Quant à Kilhindrâ, elle vit une porte s'ouvrir face à elle. Un flot de lumière la submergea, l'emplissant avec munificence ; puis elle s'éleva au sein d'une dimension brillant d'une lumière fantastique. Une voix l'y enjoignit ainsi : « Prépare-toi à transiter, mon enfant ». À cet instant, son âme lui murmura le commandement communiqué par Ciômaz avant son incarnation sur Kûrhasm : « Iheo, en ce lieu où je t'envoie, tu établiras l'ordre du Tout-Puissant que tu enseigneras comme l'Elkhîm Unique d'Amour et de Liëkzel (*Grâce et symbole de la Lumière*). En récompense de ta fidélité, le Père Éternel te glorifiera sur Ziowêa ».

Fermant à nouveau les yeux, Prophys se mit spontanément en résonance vibratoire avec elle.

- Déesse Kilhindrâ, d'où viens-tu ? Demanda-t-il.
- De Ziowêa. Je suis Iheo, fille de Ciômaz et de Galiô.
- Quel est ton message pour Kûrhasm.
- Je suis venue révéler au peuple de Kûrhasm la Vérité de l'Elkhîm d'Amour et de Liëkzel, le Créateur Unique de l'Univers. Vous devez abandonner votre croyance polythéiste et louer à jamais cet Elkhîm Transcendant, car il est le Père éternel et immanent.
- Je parlerai en ton nom au peuple de Kûrhasm, vénérable déesse.
- Dyaz Prophys, ne me vénère pas et n'exhorte pas tes semblables à me vénérer. Je ne suis pas une déesse, mais une zioirizi du plan Ziowêa.
- Que signifie zioirizi et Ziowêa, vénérable Kilhindrâ ?
- Zioirizi correspond à "Installée supérieure" et Ziowêa est ce monde où j'y aurai ce statut pour l'éternité. Cependant, pour vous, un tel statut ressemble à celui de déesse.
- Il n'est donc pas faux de dire de toi que tu es une déesse ?
- Kûrhasm ne doit garder de moi que le souvenir d'une simple messagère. Va convaincre ton monde de suivre la Liëkzel de l'Elkhîm Unique d'Amour et cette terre engendrera une descendance bénie.

Prophys se sentit instillé en son esprit par une haute connaissance – celle-ci paraissant aussi jaillir du fond de son être –, puis fantastiquement porté vers cette grande œuvre. Cette conversation de l'ordre de l'irréel entre Kilhindrâ et le mostjen (*l'occultiste*) avait, par contre, torturé le cœur de Xanghôr. Tel un horion, un tel avènement le fit défaillir.

Chapitre 10

L'élévation

-1-

À la manière d'une vague, un souffle zéphyrien balaya l'immense parc du château d'Hüzom au-dessus duquel vint planer un énorme Hidask (*grand oiseau mythique noir*). Son opulente chevelure, tels des rayons flamboyants, et sa robe en dazhila immaculée, pareille à une lumière dessinant une traînée blanche dans l'espace, Kilhindrâ chevauchait entre ciel et terre à dos de Zhöj. Dans une brume vaporeuse, le prodigieux étalon au manteau de neige la portait vers le firmament. Au-delà de la subtile luminance diaprant l'horizon céleste, elle devinait une immensité sublime dont elle ne pouvait encore passer le voile. Liée à ce corps de femme, son âme devait patienter en attendant l'heure de la mystérieuse alchimie grâce à laquelle elle transiterait et entrerait dans l'immarcescible gloire des êtres hautement élevés dans les Cieux.

Au sein de cet univers transitoire, elle s'élançait avec son fabuleux compagnon le long des spacieuses étendues cosmiques et semblables à des plaines cotonneuses. Identiquement à elle, Zhöj attendait de rejoindre le plan correspondant à son degré d'élévation après l'avoir conduite, en féal serviteur, devant le somptueux portail de Ziowêa. L'accomplissement de sa mission auprès d'Iheo, alias Kilhindrâ, le ferait grandir en son être et, partant, sortir de son animalité.

Pendant cette phase de béatitude avant la pleine ataraxie, Kilhindrâ préparait l'âme de Xanghôr dont elle connaissait à présent la destinée. Elle la soutenait avec Amour dans ce moment difficile, entendant la souffrance que cette brutale séparation infligeait à cette dernière. Cet accompagnement vers la Lumière d'un être actuellement contraint aux ténèbres constituait un acte propre à conforter plus encore son statut de zioirizi.

-2-

Depuis la mystérieuse disparition de Kilhindrâ, le château d'Hüzom ressemblait à un corps agonisant. Aucun cheval ne manquant à l'appel, Xanghôr avait tout d'abord espéré qu'elle se sentirait perdue sur les chemins de sa chère Anaphysis. Puis l'errance d'une déesse sur Kûrhasm, tel un misérable hère, lui était apparue totalement saugrenue. Il convenait, à présent, que les événements s'étaient déroulés d'une manière qu'il n'aurait pu empêcher. La suggestion d'Ughâr l'avait incité à organiser la rencontre de Prophys et de Kilhindrâ, afin que celui-ci la vît dans sa divinité et que survînt ledit avènement. Le mostjen (*l'occultiste*) l'avait visiblement aidée à franchir un passage et à s'envoler vers sa destinée. Bien que cette subite dématérialisation avait l'air d'une fantasmagorie, il en constatait l'amère réalité. D'ailleurs, ne l'avait-elle pas, jadis, conduit à faire une expérience dépassant l'entendement humain ? Tout cela confirmait que son corps de femme n'avait servi qu'à dissimuler un être d'une haute provenance. Une grandeur qui le renvoyait à la petitesse de sa propre condition, en dépit de son autorité en ce monde. Par cet abandon, elle lui montrait également l'irrémédiable hiatus séparant leurs âmes. Sans doute l'observait-elle maintenant, depuis son piédestal, avec une commisération hautaine. Il se ressouvenait de ce jour où, assis à côté d'elle sur un banc dans le parc du château à l'ombre de deux imposants ëlkaolz, il lui avait récité son dernier poème et combien la fin l'avait profondément émue :

> « Si ton dieu te ramène dans son Ciel,
> Ne me laisse pas agoniser sur Kûrhasm.
> Prie-le de faire tomber sa divine lame
> Sur le fil d'argent liant au corps mon âme,
> Puis d'unir nos êtres dans un amour éternel ».

Il avait délicatement essuyé les larmes sur ses joues, alors qu'elle n'était pas près de lui pour souffler sur les siennes. L'insoutenable chagrin rendant cette existence insipide, et conscient que sa bien-aimée ne viendrait plus la magnifier désormais, il n'envisageait pas de continuer ainsi.

D'ailleurs, il ressemblait déjà à un mort-vivant. En cet instant, elle savourait assurément la joie d'un prompt retour parmi les siens et n'avait plus le moindre regard vers sa petite âme. Il invoqua à sa façon cet Elkhîm dont elle lui avait vanté la Lumière salvatrice.

« Ô Elkhîm Unique qui siège au faîte du firmament !
Ô Dieu qui gouverne l'ensemble des univers,
Qui fait rayonner jusqu'à l'infini sa Lumière !
En ce jour de malheur, je t'invoque humblement.
Daigne poser ton regard sur mon désarroi,
Compatis à la souffrance de mon âme.
Qui mieux que toi saurait m'ôter ce poids ?
Pour en rompre le lien, il n'est pas de plus sûre lame !

Ô Elkhîm d'Amour, j'en appelle à ta puissance !
Puisque tu noues et dénoues les existences,
N'attends pas que mon cœur marcescent
S'éteigne de lui-même dans mon corps sénile.
Fais tomber ton divin glaive sur ma poitrine
Et réalise le prodige d'une union hybride
Entre deux âmes, l'une ordinaire et l'autre sublime.

Ô Elkhîm immanent, parfait et infini,
En ta suprême sagesse, je remets ma vie,
Car tu connais ce destin pour mon âme écrit ».

Il répéta cette prière avec ferveur avec l'espoir que cet Elkhîm passionné d'Amour exaucerait sa requête consistant à trancher le fil ténu attachant son être à sa chair durant le sommeil, puis à le porter vers celui de Kilhindrâ. Peut-être se réjouirait-elle alors de ces retrouvailles impromptues.

-3-

Xanghôr convoqua le rhis à Hüzom pour lui léguer les pleins pouvoirs. Ce dernier s'inquiéta de cette décision et du visage très amaigri de son bien-aimé souverain, lequel continuait toutefois de demeurer officiellement le Kzâhr de Kûrhasm, son suppléant refusant de recevoir le zahrohl kzöhr (*sceptre et symbole de l'Autorité*) de son vivant. Il s'abstint donc de lui préciser que cet avènement approchait, sa santé se dégradant inexorablement au fil des jours. Après le départ d'Ughâr, il s'enferma dans sa chambre du palais et y pria durant de longues heures ou y cria sa passion à Kilhindrâ comme si elle fût à côté de lui. Peu lui importait de se déliter et que son teint livide lui donnât une apparence spectrale. Manifestement, l'Elkhîm d'Amour s'était gaussé de sa prière. Le punissait-il pour sa funeste demande ?

Il nomma le moshy Prophys au statut d'Ordiâk de la nouvelle religion, afin que l'ex-mostjen pût accomplir l'engagement pris auprès de Kilhindrâ de révéler la vérité de l'Elkhîm Unique au monde de Kûrhasm. Tout en lui enjoignant de créer un ordre religieux, bien que ce grand mystique n'eût guère de prédilection pour la communication, il décréta que cette religion supplantait dorénavant l'ancienne. Il gommait ainsi ce que le Praktir (*chef de la religion de Kâmios*) avait prétendu ineffaçable, une décision qui frustrerait assurément nombre de ses sujets. En sommant la gravure de cet arrêté sur le terkhalkum (*tablettes officielles*) de la Couronne et en plaçant Zyarik (*nom du Praktir*) sous l'autorité de Prophys, il n'avait pas conscience de permettre à Kilhindrâ de finaliser sa mission et de s'élever, voire à la prophétie de cette dernière de se réaliser. Le krönhystrum retiendrait que le Kzâhr Xanghôr fut celui qui institua le monothéisme et, le temps passant, un monarque foncièrement religieux. D'autant que son règne se terminerait sur ce décret.

L'élévation

Ne dérogeant pas à son habitude, il conçut un discours sous une forme poétique à l'intention de son cher peuple qu'il fît graver sur un terkhalk (*tablette*) par son terkhast (*secrétaire-graveur*) attitré.

« Mon peuple bien-aimé de Kûrhasm,
Souviens-toi à jamais qu'une grande âme
Est venue visiter cet univers
Pour l'initier à la sublime Lumière
De l'Elkhîm et gloire unique dans les Cieux,
Lequel intègre les multiples dieux
Dont nos pères nous ont enseigné la croyance.

Cet être séraphique, que j'ai eu la faveur
De voir venir à moi sur son étalon blanc,
A merveilleusement subjugué mon cœur,
L'insufflant aussi d'un amour brûlant.
Et voici qu'aujourd'hui cette ardente passion
Consume mes chairs et m'obsède l'esprit,
Puisque celle qui l'a suscitée s'est enfuie.

Je n'ai eu que la grâce d'une brève effusion
Avec cet être au magnifique teint cuivré ;
Quoique le souvenir de cette communion
Hante continûment mon âme esseulée
Qui attend fébrilement de s'envoler
Pour retrouver le privilège de cette union.
Peuple bien-aimé, c'est l'heure pour votre Kzâhr
D'effectuer stoïquement le pas hors de ce monde.
Que de vos cœurs monte un grand cri de joie !
Qu'en tous lieux de Kûrhasm les buxhiz résonnent !
Puisse le krönystrum conter que la déesse Kilhindrâ
L'a porté vers les Cieux sur un cheval ailé,
Et que leurs âmes y sont l'une à l'autre scellées !
Faites de cette union un mythe sur Kûrhasm !

Après mon départ, acclamez le Kzâhr Ughâr,
Par ce dernier désir, honorez ma mémoire !».

Il ordonna que ce discours fût porté au Zahrkëlyum (*Palais de l'Autorité*) de Tyzaregh et remis en main propre au rhis Ughâr avec l'ordre de le diffuser auprès des dudziz (*gouverneurs provinciaux*), afin que ceux-ci le fissent lire jusque dans les villages. Cela devait avoir lieu le quinzième jour exactement du mois texië (*un des quatre mois de la saison douce*) à l'heure du plus fort éclat du regard de Phëliz (*dieu du jour ; signifie ici le point zénithal du soleil*). Il désirait ainsi que l'univers de Kûrhasm vibra en symbiose avec lui. Il fit inscrire enfin le décret officiel de la transmission du zahrohl kzöhr au profit du rhis dans le terkhalkum (*tablettes réservées aux décrets et autres du Kzâhr*)

À la lecture du discours sous une forme invariablement poétique que son très cher souverain, le Kzâhr Xanghôr, lui ordonnait de faire prononcer, via les duziz, au peuple de Kûrhasm, le rhis Ughâr fut profondément affligé.

-4-

« Je sens la fébrilité de mon âme
Qui connaît l'heure de cet ultime instant,
Ce passage de l'univers de Kûrhasm
Vers un autre, au-delà du voile cérulescent.
Elle scrute le ciel imaginant déjà
Azolhis[43] surgissant dans le zölstruhna (*almicantarat*)
Et galopant sur un océan d'écume,
Puis, les ailes déployées, fendant la brume,
Admirable de puissance et de majesté.

Elle contemple d'avance cette sublime faveur
Qu'elle prendrait aussi pour un insigne honneur,
Le symbole d'une prestigieuse destination
Au sein d'une bienheureuse dimension.

Des visions émergent d'un monde connu,
Un firmament aux immenses étendues,
Des sources cristallines au goût melliflu,
Un empyrée au bonheur ataraxique,
Une marche vers un sommet apothéotique,
Un vaste océan au calme alcyonien,
Un délicieux murmure argentin,
Une lumière qui jamais ne s'éteint,
Des êtres hyalins à la grâce aérienne ;
Tout cela résonne comme un appel.

Existence pareille à une lente agonie,
Que ne te lasses-tu de ce corps déclinant
Qui n'attend plus que le fatal moment
Où, brusquement, le fluide sortira de lui.

---

[43] Cheval ailé d'un blanc immaculé

Allons, vie qui aspire à la quiddité,
Franchis donc la porte et force le destin !
Mon âme, si tu espères que la main du Divin
Dénouera promptement ce fil qui te retient,
Tu deviendras vieux souffle dans un corps égrotant,
Et quand l'heure viendra de prendre le chemin,
Tu ne seras plus cet esprit sémillant
Qui rêvait de grimper au faîte du Ciel.
Va et n'attends plus que Navexak (*gardien des Cieux*) te hèle ».

Après cette élégie, il écrivit un chant en priant pour que celui-ci l'aidât à réaliser la fantastique alchimie propre à immortaliser la légende de l'union entre une déesse et un Kzâhr.

-5-

Tôt le matin, Xanghôr quitta le château d'Hüzom à dos d'un ëpalzhi à la magnifique robe couleur marron-brun. Il était encadré par une zahrasti (*garde de douze hommes*) en grande tenue. Le ciapiriat chevauchait, quant à lui, à son côté. Il ne s'était pas opposé à cet honneur que le fidèle Rëhmiog avait désiré lui rendre à l'occasion de ce départ. L'officier n'ignorait pas que celui-ci était sans retour. Si les gardes ne connaissaient pas la véritable intention de leur souverain, sa mine hâve les amenait à flairer la particularité de ce déplacement. Après un long voyage au cours duquel Xanghôr n'avait pas dormi cette fois à la belle étoile, l'heure vint de la séparation à hauteur du pont Has (*voir la carte du Phrangys dans l'addenda*). Le ciapiriat donna l'ordre à ses hommes de la zahrasti de descendre de cheval et de poser un genou à terre. Tout en les remerciant, le Kzâhr leur commanda de rapatrier Vighêz sans faire sonner les buxhiz en chemin. Puis il tapota l'épaule et serra fraternellement le bras musculeux du monumental Rëhmiog, profondément ému par l'angoisse sur le visage à la couleur de l'hosnus (*beau bois noir*) ainsi que par l'humidité dans les yeux couleur noisette de ce dernier. Une authentique tristesse qui préfigurait celle de son peuple.

Il abandonna son cheval au pied du mont Moragh qu'il monta lentement par un sentier de plus en plus grimpant. La perspective de l'ascension finale le força toutefois à faire une longue halte. Cette escalade, qu'il avait effectuée naguère avec joie, s'avérait aujourd'hui des plus épuisantes. Parvenu au sommet, il s'étonna de ce que ses forces n'avaient point manqué durant ce difficile exercice ; en effet, son état physique s'était beaucoup dégradé ces derniers temps.

Comme prévu, il faisait cela le quinzième jour du mois texië ; puisqu'il avait donné l'ordre au rhis de faire entendre, ce jour-là, son discours poésie à la population. Il s'était arrangé en outre pour atteindre le toit du Moragh à l'heure où le regard de Phëliz (*dieu du jour et symbole du soleil*) s'apprête à briller avec éclat.

Debout et immobile, il ressemblait à un prolongement de la haute cime. À trente ans à peine, sa tête précocement chenue et sa face émaciée l'envieillissaient. Il fixa longuement la voûte azurée, n'osant croire qu'un dieu déciderait de la traverser pour le tirer subitement hors de ce monde. Il était plutôt dans l'expectative de l'instant où son être fuirait ce corps devenu inutile.

Il aurait tant aimé que ce moment fût un événement merveilleusement magique et que ce départ ressemblât à une joyeuse poésie aux vers transcendants. Dans les mélodies au fond de sa mémoire, il en trouva une qu'il estimait apte à embellir le chant créé la veille et à le faire vibrer puissamment. Le regard concentré, il entonna la première partie avec force.

« Me voici élevé au plus haut de Kûrhasm,
Au faîte du Moragh, afin que mon âme
Prenne enfin son envol vers l'au-delà du ciel.
Lui viendra-t-il un guide de cet éternel ?
Un dieu compatissant lancera-t-il l'échelle ?
Phëliz tracera-t-il une voie de lumière ?
Fönh (*dieu des vents*) la portera-t-il sur un souffle fulgurant ?
Ou la laissera-t-on s'élancer seule dans les airs ?
Dois-je me résoudre à mourir simplement,
Sans gloire ni buxhi comme un banal mourant ?
Puisque l'Elkhîm d'Amour a rejeté ma prière ».

L'élévation

La musique de l'hymne de Kûrhasm et les voix des chœurs remontaient vers lui depuis les villes et villages alentours. Nul doute que toutes les provinces faisaient de même. Un bel adieu qui l'aiderait assurément à passer dans le krönhystrum (*répertorie l'histoire de Kûrhasm*). Il savait que Rëhmiog s'était évertué, lui aussi, à faire sonner les buxhiz pour honorer son départ de cet univers. Suspendant le chant, il s'appesantit sur la voûte indigo tout en essayant d'en deviner l'immensurable profondeur. Le rayonnement de Phëliz venait d'atteindre son point zénithal et un blëkinah (*oiseau blanc de petite taille, symbole de paix et de pureté*) parut s'en échapper pour voler à tire d'ailes dans sa direction. Le visage baigné de larmes d'amour, il regardait la forme confuse qui se silhouettait, telle une ébauche de peinture sur un fond d'un bel azur. L'approche de l'heure fatidique faisait trémuler de joie son cœur. Il reprit le chant avec l'ardent désir de le propager au plus haut du firmament.

> « Mon âme ne désire que rejoindre celle,
> Dont elle espère qu'elle attend comme elle,
> L'avènement d'une magnifique osmose,
> Dans ce kzahrum[44] que la Lumière arrose.
> Kilhindrâ, mon amour, je sens que tu languis
> Viens et emporte-moi sur ton étalon blanc
> Vers ce lieu d'une inégalable luminance !
> N'entends-tu pas les lamentations de Kûrhasm ?
> Fais donc un prodige, afin qu'ensemble il nous voie,
> Puis que l'histoire conte à jamais la légende
> De l'éternel hymen de Xanghôr et Kilhindrâ !
>
> Kilhindrâ, mon amour, il est l'heure ma misiah[45],
> Je t'en supplie, viens ... avant que mon corps ne tombe
> Et ne fasse sombrer mon âme dans la combe.

---

[44] Territoire de Kûrhasm ou empire
[45] Déesse dans la langue de ce monde

Kilhindrâ, mon amour … fais-moi accomplir ce pas ».

Il aperçut à l'horizon du ciel une lumière blanche coiffée d'une yliem d'or (*chevelure abondante*). Les buxhiz (*trompettes au son aigu*) semblaient s'ingénier à l'étourdir, tandis qu'un étalon immaculé fulgurait vers lui et qu'une amazone saisissait son être pour le préserver du triste chaos du corps chutant de la montagne. Elle le porta au loin dans le paradis des âmes bénies, le remerciant ainsi de l'avoir aidée à franchir la porte d'une haute élévation.

Zhöj s'évanouit et Asphozix (*oiseau blanc de légende et de taille importante*) la ramena sur Ziowêa où Ciômaz l'installa pour l'éternité au rang de zioirizi dans le giron de Galiô.

Chapitre 11

Épilogue

Le discours poésie déchira le cœur des miotiahnz et de nombre d'himotiahnz. Les meiriahnz, quant à eux, crièrent leur douleur et pleurèrent longtemps. Dans chaque province, les habitants purent apercevoir Xanghôr, leur Kzâhr bien-aimé, et la déesse Kilhindrâ sur un magnifique étalon immaculé traversant l'espace à la façon d'un arc-en-ciel.

Ainsi, le krönhystrum raconterait à jamais l'histoire de ce Kzâhr, poète et religieux, que la sublime déesse Kilhindrâ fit ressusciter après sa mort.

Table des matières

Chapitre 1 11
L'amour instigué 11

Chapitre 2 35
Un monde sublime...35

Chapitre 3 45
La transmutation 45

Chapitre 4 47
L'œuvre subtile..47

Chapitre 5.. 103
La préparation occulte 103

Chapitre 6 111
L'intervention divine 111

Chapitre 7..133
La fusion...133

Chapitre 8 159
L'épreuve..159

Chapitre 9 175
L'éveil...175

Chapitre 10..197

Chapitre 11 211
Épilogue 211

Dépôt légal : Mars 2023

© 2023, François de Calielli

Imprimeur et éditeur :

Édition : BoD – Books on Demand, info@bod.fr
Impression : BoD – Books on Demand,
In de Tarpen 42, Norderstedt (Allemagne)
Impression à la demande
ISBN : 978-2-3222-2397-8